贖罪

湊佳苗

みなとかなえ

しょくざい

陳嫺若—譯

推薦序——

剝開事件表層，真相近在眼前

新聞評論員／范立達

因果循環，報應不爽。承受喪女之痛的母親在憤怒間拋出了一句咒語，結果卻從此改變了四個女孩的一生。當母親解除了咒語後，才發現自己原來才是最該承擔一切責任的人……作者透過各個關係人的逐一自述，像剝洋蔥似的帶領讀者一步一步接近事件的核心。原來，真相近在眼前，如此殘酷，又如此不堪。不得不佩服，能同時分飾多個角色的作者，果然洞悉人心人性。

推薦序——

人性黑暗的核心

作家・中正大學台文所教授／郝譽翔

《贖罪》的題材，和前些日子受到各方好評的《蘇西的世界》頗為類似，都是以一樁小女孩的命案為主，然而，我卻以為前者還要更勝一籌。《贖罪》碰觸到的議題更加多元，而所欲探討的人性深處的罪與惡、懲罰與報復，隨著情節的進展，層層地迴旋剝復，可以說是直擣人性黑暗的核心，早就遠遠超出了推理小說慣常設下的格局，而因此擁有了文學上的深度與厚度。

換言之，我以為《贖罪》最精采可讀的地方，反倒不是作者精心設計的故事，以及讀到最後一章時，彷彿一切真相大白，而先前出現的伏筆、線索和前因後果，也都可以被串連起來的恍然大悟。完美的故事，固然可以滿足讀者們推理上的樂趣，但一本好的小說，卻不只是如此而已，即使是知道了結局，也應該無損於它令人咀嚼回味的餘韻才是。當我在讀完《贖罪》以後，還深深地感覺到震撼、留在腦海中揮之不去的，不是結尾的謎底揭曉，而是在小說中環繞著這場謀殺案出現的所有角色：四位年幼的小女孩、她們的家人，以及受害美少女的母親。

湊佳苗實在是一個描寫人物的高手，她幾乎沒有浪費任何一個細節，或是字眼，而在有限的篇幅之中，卻能刻劃出不同的人物、不同的生活背景和性格，在面對同一個事件的當下，所產生出來的不同心理。透過小女孩們在案發多年以後的各自獨白，那被長久壓抑的怯懦、不安、孤獨與恐懼，幾乎還是讓人感到如在目前，親眼看見一雙雙驚恐又沉默的黑色眼睛，訴說著一場永遠沒有結局的故事。

相形之下，受害少女母親的自白〈補償〉，卻有些薄弱了，也埋下太多解謎的機關，難免顯得牽強而過度巧合。但是瑕不掩瑜，《贖罪》寫命案，主旨卻不在於此，而是由此所引發的孩童與成人、城市與鄉村的對比——我尤其喜歡湊佳苗筆下的鄉村，在如詩如畫的田園美景背後，卻也潛藏著封閉、癲狂和愚昧的陰影，令人感到無比真實，又足以耳目一新，跳脫了鄉土文學過去的陳腔濫調。

日本小說向來擅長挖掘罪惡與純潔之間的灰色地帶，在陰翳中，彷彿滲入微微的光暈，而《贖罪》也不例外，它成功地描寫小女孩在面對成人世界之時，似知又未知的懵懂，罪惡感的產生，乃至莫名滋長的心理防衛機制，以及終生無法擺脫重負。而在這場悲劇裡，竟沒有一個人是真正無辜的受害者，也沒有一個人是百分之百的罪犯。《贖罪》就像是一部現代版的《羅生門》，每個人都躲在言詞的保護罩底下，而記憶

目錄

法蘭西娃娃。

麻子夫人：

非常感謝您前幾天來參加我的婚禮。整個婚禮中我一直坐立難安，我擔心您看到蜂擁而至的鄉下親友，回憶起當時的往事，會不會感到不愉快？因為那些人完全沒意識到自己的口無遮攔。

空氣乾淨——當我發現那個小鎮除了這個優點外，根本一無可取，是在七年前我從高中畢業，到東京讀女子大學的時候。

我在大學宿舍生活了四年。當初我向父母表示「想到東京念書」時，他們倆異口同聲地反對。

萬一被壞人騙了，要妳去賣身怎麼辦？萬一讓妳染上毒癮怎麼辦？萬一妳被人殺了怎麼辦？

麻子夫人，都市長大的您，看到這些話可能會在心裡訕笑：哪裡聽來的訊息，給他們如此荒謬的想法呢？

我舉出他們愛看的電視節目來反駁：「拜託，你們『大都會二十四小時』看太多了吧！」但其實我心裡早已想像過無數次那些恐怖的畫面。即使如此，我還是堅決求他們讓我到東京去。

東京有什麼好？妳想念的系，縣裡好幾所大學都有呀！那幾所大學就算通學有困難，但至少外宿的房租便宜，萬一有什麼事時也可以馬上回家。彼此都能放心，不是嗎？

父親不斷苦勸我。

放什麼心?!這八年來，我在這個鎮上過的是什麼膽顫心驚的日子，你們難道不了解嗎？

我這麼一說，兩人便不再反對，只是有個條件：我不能在外租房子獨自生活，而必須住進學生宿舍。這一點我也沒有意見。

打從出生以來第一次踏上東京，我宛如走進了另一個世界。下了新幹線，車站裡放眼望去全是人，我覺得這個車站裡的人似乎比我們鄉下所有人口還要多。不過最令我驚奇的還不是這點，而是這麼擁擠的人潮，卻沒有任何人會在行進間撞到別人。連我為了搭地下鐵而仰頭看指標走路，一直走到目的地都沒有和人擦撞。

坐上地下鐵之後，又發生更讓我驚訝的事：周圍的乘客即使有同伴，也幾乎沒有人說話。偶爾會爆出大笑聲，但大多是外國人。

我從小到國中都是走路上學，高中則是騎自行車通學，所以一年只有幾次機會坐電車，多半是和朋友或家人到鎮上逛百貨公司或商店街的時候。每次搭車近一小時的時間，我們都會在車上天南地北地聊。

等一下要買什麼啦、下個月是某某生日去幫他買禮物吧、中午要吃麥當勞還是肯德基……我相信我們絕不是不守規矩的人，因為整個車廂都充滿了談笑聲，而且也沒有人對此皺起眉頭，所以我一直以為，在電車裡本來就應該這樣說笑。

驀然間，我想到東京的人會不會看不見周遭？他們是不是對別人漠不關心？只要不給自己添麻煩，身旁的人不論做什麼他們都不想管？對座的人看什麼書，他們也不想知道？站在眼前的人不論帶著多名貴的包包，他們也不會多看一眼？

一回神，我發現自己在流淚。提著大行李的鄉下土包子在哭，別人一定以為我想家吧！我覺得好糗，趕緊用手抹去眼淚，看看周圍，但沒有人在看我。

我好感動啊！心想：這個地方真是太完美了。我想來東京，並不是因為這裡有那麼多時髦的名店和遊樂場。

我只想走進那些不知道我的過去的人群裡，同化，然後消失。

更精確地說，身為殺人事件目擊者的我，只想從尚未抓到的兇手眼前消失。

宿舍是四人房，室友們也來自全國各地。第一天是自我介紹兼故鄉吹捧大會，有位室友說她家鄉的烏龍麵好吃，還有一位說她家鄉有溫泉，另一位說有個棒球明星住在她家附近。她們三人的故鄉雖然都在外縣市，但都是人們耳熟能詳的市鎮。

我說出小鎮的名字時，三個人連它在哪個縣都不知道。

那是個什麼樣的地方？有位室友問。我說，那是個空氣清新的地方。我並不是因為沒什麼可炫耀的才只好這麼說，麻子夫人，您一定能明白吧！

我在那個鎮出生、長大，但直到小學四年級，那起事件發生的那年春天，才知道我平常吸的空氣其實非常乾淨。

教社會的澤田老師告訴我們：

「大家知道嗎？你們住在全日本空氣最乾淨的地方。為什麼我敢這麼說呢？醫院和研究室裡使用的精密儀器，必須在沒有空氣污染的環境才能製造出來，因此，工廠也必須建在空氣乾淨的地方。本鎮今年蓋了一家新工廠，叫做足立製造廠。要蓋一家全日本最棒的精密儀器製造工廠，就表示我們被選定為日本空氣最乾淨的地方。各位同學，你們住在這麼好的小鎮，應該感到光榮。」

下課之後，我們問英未理，老師說的正不正確。

「我爸爸也跟我說過一樣的話。」

聽英未理這麼說，我們才相信自己住在一個空氣乾淨的地方。倒不是因為英未理的爸爸長相可怕、眼睛又兇又大，而且還是足立製造廠的大人物，而是因為他們一家是從東京來的。

當時，鎮上沒有便利超商，可是也沒有孩子因此覺得不方便。從小到大眼前有什麼就是什麼，很是平常。就算在電視上看到芭比娃娃的廣告，也因為從沒見過而從來不會想要。倒是家家戶戶客廳裡擺的法蘭西娃娃比較受到青睞。

不過，自從鎮上蓋起工廠之後，一種微妙的感覺在我們心中萌芽了。英未理和其他從東京來的轉學生讓我們漸漸感覺到，以前稀鬆平常的生活是相當不便而遭人鄙棄的。

不同之處從居住的場所開始。鎮裡第一次蓋起五層樓以上的房子——足立製造廠的公司宿舍大樓雖然是按照大自然的調和概念設計的，在我們看來，卻像是外國的城堡。

英未理住在七樓，是那棟大樓的最高一層。當我知道她邀請我和其他同住西區的女同學一起去她家的那天，我興奮得幾乎睡不著覺。

受到邀請的有四個人，是我、真紀、由佳和晶子。

從小青梅竹馬、也在同樣環境長大的我們，在英未理家看到的一切全是舶來品。第一個令我們驚奇的是，房間竟然不以牆壁來隔間。當時我們還沒有起居空間整合的觀念，所以放電視的房間、吃飯的地方和廚房都在一起，令我們不敢置信。

如果在我家絕對不會讓小孩碰的紅茶杯，用同一式樣的茶壺盛了紅茶，放在同一式樣的茶碟上；我們兩頰塞滿了水果塔，裡面除了草莓之外，還放了許多清爽的不知名水果。四個人既陶醉，心底的某個角落卻又有些不安。

吃過點心之後，英未理說一起玩娃娃吧！便從自己房間裡拿出芭比娃娃和心形的塑膠衣櫃。芭比娃娃身上穿的，跟英未理的衣服一模一樣。

「澀谷有一家店賣跟芭比一樣的衣服。去年我生日的時候，爸媽買給我的。媽媽，哦？」

那氣氛教人恨不得馬上逃離那裡。

就在這時，我們四人中不知是誰開口說：

「英未理，妳的法蘭西娃娃借我們看。」

英未理聽到這話，滿臉詫異地回問：

「那是什麼？」

英未理沒有法蘭西娃娃，不僅如此，她連聽都沒聽過。我們原本氣餒的心再次鼓脹起來。英未理當然不會知道，因為那是大都市早已絕跡的東西。

鎮上零零星星挺立著幾棟二十年前建的日式老民房，它們都有一個共通點，那就是最接近門口的房間都會布置成西式客廳，而且一定會有水晶吊燈和擺在玻璃櫃裡的法蘭西娃娃。儘管這由來已久，但直到英未理搬來前一個月開始，女孩們到各家參觀法蘭西娃娃才變成一種流行。

剛開始，大家只是互相到朋友家走動，但漸漸地，大家開始到附近鄰居家參觀。鄉下地方，居民彼此都認識，而且他們只去大門旁的客廳，幾乎不會被拒絕。

當時，我們還寫「娃娃筆記」，幫所有法蘭西娃娃做排行榜。那時候不像現在的孩子隨意都能拍照，如果有喜歡的娃娃，我們就用色鉛筆畫圖、記錄。

排行榜主要是根據服裝的華美度來決定，但我喜歡看娃娃的臉蛋，因為娃娃也會反映主人的性格。我常覺得娃娃的臉跟那家的孩子或母親都有幾分相似。

英未理說她也想看法蘭西娃娃，所以我們帶著她到排行前十名的娃娃家參觀。英未理又說，他們這棟大樓的小朋友們一定也都沒見過，所以還叫了另外幾個連幾年級、名字都不知道的孩子，甚至不知道為什麼還加入了幾個男生，大家一起浩浩蕩蕩地到鎮上各家巡行。

第一家的人看到我們，便說：「這是法蘭西娃娃參觀團嗎？」我們愛上這個名字，決定用它作為當天行動的名字。

我家的娃娃排第二名，粉紅色華服的胸口和裙襬都鑲有雪白的羽毛為飾邊，肩和腰部各別了一大朵紫玫瑰。但是，我最喜歡的還是她的臉蛋，因為輪廓跟我有點像，我還因此用馬克筆在她右眼下點了一樣的哭痣，母親為此大發雷霆。另外，她看起來既像大人又像小孩，這種年齡不詳的曖昧氛圍也讓我很喜歡。

雖然我得意地說：「很美吧！」但都市來的孩子卻都沒什麼興趣，讓我非常沮喪。走完最後一家時，英未理說：「我覺得還是芭比娃娃漂亮。」我想，英未理說這話並沒有惡意，但那句話卻讓法蘭西娃娃的璀燦光芒一夕之間化為烏有。從那天起，我們再也不玩法蘭西娃娃了，連娃娃筆記都被我丟進了抽屜的深處。

參觀團結束的三個月後，因為一起「法蘭西娃娃偷竊案」，使它再度成為鎮民們的話題。關於這起事件，麻子夫人，您知道多少呢？

七月底夏日慶典的夜裡，鎮上有五戶人家的法蘭西娃娃被偷了，我們家也在其中。整間屋子完全沒動過，錢也沒有少，只從玻璃櫃裡偷走了娃娃，十分不可思議。

慶典在鎮外的鎮民中心廣場舉行，傍晚六點開始盂蘭盆舞大會，接著九點有卡拉ＯＫ大會，結束時是十一點左右。鎮民們會免費供應西瓜、冰淇淋和麵線、啤酒，除此之外，還有一、兩攤賣刨冰和棉花糖的攤販，算是鎮上的重要活動。

包括我家在內，所有娃娃被偷的人家都有兩個共通點：一是全家人都去參加慶典，另一點則是大家都沒鎖門。當時家家戶戶都不習慣鎖門，送包裹、信件時，郵差經常直接打開大門，放在玄關就走了。

總之，因為我們組過法蘭西娃娃參觀團，警察懷疑是小孩子惡作劇，便草草結案。最後在嫌犯和娃娃都沒找到的情況下，只被當作慶典夜的突發事件來處理。

「都是你們做了那種無聊事，家裡沒有娃娃的孩子看了嫉妒才會來偷吧！」

我記得我父親還因此把我罵了一頓。

暑假就從這起事件展開，不過我們從早到晚都在玩。我們最喜歡去的是小學裡的游泳池。上午先在某個同學家寫作業，下午就到游泳池，四點游泳池關閉後，我們還是會在校園裡玩到太陽下山。

近年來，即使是鄉下的小學也被要求實施各種安全防護措施，所以例假日學校便關閉，連兒童也不能隨意進入。但當時就算玩到太陽下山，也沒有大人會責備我們。有時候，我在傍晚六點〈綠袖子〉❶的音樂響起之前回家，家人還會問我：怎麼回來了？跟同學吵架了嗎？

那件案子發生當時和之後，我把記憶中當天做過的事都告訴了警察、學校老師、我父母、每個孩子的家長，還有您和您的先生，說了無數次，這裡也想按照順序再寫一遍，我想這應該是最後一次了吧！

那天，八月十四日的傍晚，由於正好遇到盂蘭盆節放連假，所以平常玩在一起的朋友不是去親戚家，就是家裡有親戚回來，在校園裡玩耍的只有我、真紀、由佳、晶子和英未理五個人。

我們四人因為都與祖父母同住，或是祖父母和親戚都住在鎮上，所以盂蘭盆節也不算什麼大日子，我們就像往常一樣出去玩。

從東京來工廠工作的人，在盂蘭盆節假期中幾乎都不在，但因為英未理的爸爸還有工作，而且他們八月底會去關島度假，所以才留在鎮上過節——這是那天英未理告訴我們的。

法蘭西娃娃參觀團那次，雖然跟英未理之間弄得有點尷尬，但沒多久大家就像沒發生過這件事似的又玩在一起了，可能是因為後來我們玩的探險遊戲，英未理也很喜歡的關係。

游泳池在盂蘭盆節假期中公休，所以我們跑到操場一角，在體育館的蔭涼處玩排球。我們只是圍成一個圓，玩連續傳球的遊戲，但我們決定向一百次不落地挑戰，所以心無旁騖地玩著。

一個男人走到我們附近。

「可以停一下嗎？」他說。

那個人穿著帶點黃綠色的灰色工作服與工作長褲，頭上捲著白色毛巾。

無預警的話聲把當天難得身體不適的由佳嚇了一跳，因而漏接了球。那個男人把

❶日本鄉下地方會在晚上六點（冬季為五點）播放鐘聲或音樂，以提醒孩子或農夫回家的時間。

滾到他腳邊的球撿起來，朝我們走近，然後用清晰的口吻笑容可掬地說：

「叔叔是來檢查游泳池更衣室裡的換氣扇的，可是我一時粗心忘了帶鋁梯。只是要轉個螺絲釘而已，妳們誰來幫我個忙，我的肩膀借她站。」

如果是現在的小學生，見到這種狀況一定會很有警覺心吧！學校未必是安全的場所，如果大家有這種觀念的話，就不會發生憾事了。又或者，如果老師有提醒大家，萬一有陌生人搭訕就要馬上大聲呼救逃走，也會沒事的。

那時候在鄉下，大人頂多只會叫我們注意，千萬不能因為陌生人要給你糖果、口香糖，或是告訴你爸媽生急病，就坐上他的車子。

我對眼前的叔叔沒有一絲疑心。英未理怎麼想我不知道，但其他三個人應該也跟我一樣，聽到「需要幫忙」這幾個字，就搶著去排隊了。

「要站肩膀的話，我個子最小最合適。」

「妳搆不著換氣扇也沒用，我個子最高，還是我去吧？」

「妳們兩個會轉螺絲釘嗎？這可是我最拿手的呢！」

「如果螺絲釘卡住怎麼辦？我力氣大，應該沒問題。」

四個人你一言我一語地搶著幫忙，英未理卻沒作聲。那個人像評判我們一般，把我們五個孩子輪流看了一遍。

「太小或太大都不行……眼鏡掉了的話也麻煩。妳的話可能太重……」

最後，他看著英末理說：

「妳正剛好。」

英末理露出苦惱的表情望著我們。不知道是想幫英末理，還是因為自己沒被選上而不甘心，真紀提議大家一起去幫忙吧！——好啊！大家也都贊成。

「謝謝妳們，不過更衣室很小，如果大家一起去的話，不但會妨礙工作，也可能會受傷，所以妳們可以在這裡等嗎？馬上就結束了。做完之後，叔叔買冰淇淋請妳們吃。」

我們沒有人反對，於是那個人說了聲「待會兒見」，就牽起英末理的手，穿越操場。由於游泳池在大操場的另一側，所以我們沒有目送他們的身影，便又再開始丟球了。

玩了一會兒球之後，我們到太陽曬不到的體育館門口階梯上，坐著聊起天來：難得有個暑假，卻沒人帶我們出去玩。如果爺爺住得遠一點就好了。聽說英末理下禮拜要去關島。關島在美國嗎？還是個國家？不知道耶！英末理好好哦！今天也穿芭比裝，又長得那麼漂亮。英末理的眼睛就是人家說的鳳眼吧？好美哦！可是她爸爸媽媽的眼睛都像龍眼那麼大呢！她穿的迷你裙好可愛，而且腳也很修長。——對了，妳們知道嗎？英末理「那個」已經來了哦！「那個」是什麼？啊？紗英，妳還不知道嗎？

那是我第一次聽到「月經」這個詞。因為隔年上五年級之後，女生們才會在學校裡聚在一起談這件事，而且我既沒有姊姊，親戚中也沒有比我大的女生，所以我根本無法想像那是什麼東西。

其他三個人好像都從姊姊或母親那裡知道這回事。她們宛如發表什麼驚天動地的新聞般，告訴我月經到底是怎麼一回事。

月經就是身體已經會生小寶寶的證明哦！從屁股下面會不斷流出血來。啊？妳是說英未理已經會生寶寶了嗎？對啊！那由佳的姊姊也是？對啊！我好像也快了吧！我媽已經去幫我買生理褲了。啊？真紀也是嗎？聽說發育好的女生五年級就來了。紗英，妳到了國中也會來的，人家說到了高中幾乎所有女生都會來。少騙人了，哪有人國中就生小孩的。那是因為還沒「做」呀！「做」什麼？哎喲，紗英，妳該不會連寶寶怎麼生出來都不知道吧？哦，妳是說結婚啊？才不是呢！真服了妳——要跟男生做下流的事才行啦！

我在寫什麼廢話呀！真怕您看到這裡就把信揉一揉扔掉了。

我們聊得忘了時間，突然聽到六點的〈綠袖子〉音樂。

「今天我表哥要和朋友來我家，所以爸媽叫我六點回去。」

晶子說。晚上要過盂蘭盆節，大家都想早點回家，所以決定去叫英未理。我們四個穿越操場時，回頭一看，發現自己的影子早已比玩球的時候拉長了許多，這才第一次注意到英未理被帶走很久了，心裡浮起些許不安。

游泳池用鐵絲網圍起來，但門口卻敞開以鐵絲固定。到那一年為止，以前每年夏天都是這麼做。

從門口走上階梯就是游泳池，後面有兩棟並立的組合式更衣室，面向我們的右手邊是男用、左手邊是女用。我們走過游泳池旁，感覺好靜。

更衣室的門是滑動式的，但當然，它也沒上鎖。我記得打開女更衣室門的，應該是走在最前頭的真紀。

「英未理，妳好了嗎？」她打開門，探頭進去。「咦？」裡面一個人也沒有。

「會不會做完回家去啦？」晶子說。

「那冰淇淋呢？那個叔叔該不會只買給英未理吧？」由佳生氣地說：「太過分了。」真紀接著說道：

「欸，會不會在那邊？」

我指著男更衣室，但裡面也是悄然無聲。

「沒人啦！一點聲音都沒有。妳們看！」

滿不高興地反手拉開男更衣室門的是晶子。除了她以外的三個人都屏住氣息，她「啊？」地回頭一看，接著尖聲慘叫起來。

英未理頭朝門口躺在鋪著防滑竹片的地板上。

「英未理！」真紀戰戰兢兢地叫道，接著，大家一起叫起她的名字，可是英未理睜著眼睛，身體卻一動也不動。

「慘了！」真紀大叫。如果這時候她喊的是：「她死了！」我們一定會嚇得一哄而散，說不定還會直接跑回家。

「我們得去通知大人。晶子，妳跑得最快，去英未理家。由佳去派出所，我去找老師。紗英，妳在這裡守著。」

真紀做出指示的同時，大家已經開始往外跑了。到這裡為止四個人都一起行動，所以我和其他三人的證詞應該不會差太多。

關於命案發生前的狀況，我們四個被問了無數次，但發現屍體之後的情形，卻沒有人細問。此外，我們四個人不曾再談過這件命案，所以大家後來做了什麼事，我也不知道。

接下來就只有我的行動。

大家一起離去後，只剩我一個人站在更衣室前，我又看了一次英未理的樣子。緊身的黑色T恤被掀到胸口，幾乎看不見用英文寫著「芭比」的粉紅色商標，只看得到英末理白皙的肚子和略微隆起的胸部。紅格子褶裙也被捲起來，露出沒有內褲的下半身。雖然她們叫我在那裡守著，但如果有大人過來看到這副景象，一定會罵我吧！他們可能會說：她那麼可憐，為什麼不幫她把衣服整理好？雖然英末理的慘死不是我害的，但我覺得自己一定會被罵，於是顫巍巍地走進更衣室。

我先用自己的手帕將英末理眼睛睜開、口鼻溢出液體的臉蓋住，然後儘可能地把眼光看向別處，用指尖拎起T恤的下襬往下拉，當時我並不知道噴灑在肚子上的黏黏東西是什麼。裙子也同樣翻回去，接著蹲低身子，在儲物櫃的最低層找到了已經縐巴巴、被扔到一邊的內褲。

內褲怎麼辦呢？我想。復原衣服和裙子不用接觸身體，但內褲可不行。我的眼光接觸到英末理的短裙，她那白皙修長的腿伸直呈八字形，同時股間有血沿著大腿流出來。

霎時，我害怕起來，轉身飛奔出更衣室。

我想，雖然知道她已經沒有了氣息，卻還敢整理她的衣服，全是因為她是被勒死的，沒有流血的緣故。從更衣室衝出來的時候，眼前的游泳池變得好可怕，我的腿軟了下去。沒有一會兒工夫，太陽已經落得很低，開始起風了。看著颳起波紋的游泳池水面，我有種快被吸進去的感覺。在盂蘭盆節時游泳，會被鬼魂拉住腳哦——每年聽大人說的故事在我腦中繞啊繞的，於是我又胡亂想到：英末理會不會爬起來，把我推進游泳池，想帶我一起走？我閉上眼睛、堵住耳朵、抱著頭蜷縮著，扯開嗓門，用喉嚨快裂開的聲音不斷尖叫著：「啊——！呀——！」

為什麼我不能昏倒呢？如果我能控制自己的意志讓自己當場昏倒，現在我的處境或許就不同了。

我不知叫了多久，才有人跑來，第一個來的就是您。從那裡開始的經過，您應該都還記得，所以我只簡單寫我自己的事。

由佳帶著警察回來了，在她之後是因為擔心我太晚沒回家、聽到吵鬧而跟來的母親，她把我揹起來直接帶回家去。回到家裡，我才哭出來。我放聲大哭，那哭聲遠比尖叫時還大。

母親沒有馬上問我來龍去脈，只是倒了一杯冷麥茶給我，陪我躺在蒲團上，輕輕拍著我的背。她只低聲說了一句話：

「還好不是妳。」

那聲音彷彿直灌腦海，我閉上眼睛，睡著了。

現在我所寫的，應該與命案後的證詞沒什麼出入。雖然遇到這麼驚天動地的命案，我們還是很清楚地回答警察的問話，只是最應該詳細描述的部分，四個人卻都完全想不起來，讓我至今仍然感到抱歉。

那天的事就像電視畫面一樣，清晰地浮現在我腦海，然而不論我怎麼回想，就是記不起那個男人的臉。

「叔叔頭上綁著白毛巾。」

「叔叔穿著灰色工作服。」

「咦，不是淡綠色的嗎？」

「叔叔的年齡嗎？看起來像是四十或五十歲。」

整體的輪廓大致都記得，但就是想不起他的長相。個子高或矮？是胖還是瘦？圓臉或尖臉？眼睛是大是小？鼻子呢？嘴巴呢？眉毛？是不是哪裡有痣或傷疤？即使不厭其煩地分別訊問，我也只能一味地搖頭。

唯一可以確定的是，他是個「從來沒見過的人」。

殺人案的話題在小小的農家小鎮持續了好一陣子。有個純粹看熱鬧的親戚叔叔跑來問我經過，還被媽媽打出去。其中，鎮上的人又再度提起「法蘭西娃娃偷竊案」：這個鎮或是附近鄰鎮會不會藏著對年幼女孩有興趣的變態？偷走法蘭西娃娃的嫌犯，可能擁有娃娃還不滿足，於是把像娃娃一樣可愛的女童殺了？這些猜測繪聲繪影地悄悄流傳著。

過了一段時間後，警察再度到娃娃失竊者的家裡詢問被偷經過，所以幾乎所有的人都認為這兩起事件是同一人所為。

兇手是有戀童癖好的變態。

但是，有一點我總覺得不太明白，因為外型最合乎「年幼女孩」這個詞的，應該是我才對。

從事情發生以後，只要一鬆懈，英未理屍體的影像便會浮現在我腦海中。畫面黑白，但流到大腿的血卻是鮮紅的。然後，英未理的臉變成了自己的臉，我的頭便抽痛起來，痛得必須壓住頭，那時候我只有一個意念——

還好不是我。

您一定覺得，這想法多麼自私啊！其他三個人怎麼想我不知道，可能有人同情英未理，覺得她好可憐，也可能有人受到罪惡感的折磨，覺得自己當初怎麼沒幫她。但是，我光是擔心自己就耗盡全身力氣了。

還好不是我。接著我又想，為什麼是英未理呢？不過，我心裡已經有了一個明確的答案，那就是我們五個人當中，只有英未理已經長大成人了。因為她是成人，所以才會被男人帶去做下流的事，然後被殺。

那個人——兇手，找的是剛剛初長成的女孩。

經過一個月，再來是半年、一年，都還是抓不到兇手。您是在命案發生的三年後回東京的吧！我想您已經注意到，我是為了當時的約定，今天才寫信給您的。

隨著日子過去，鎮上的人已漸漸不再提這件案子了，但我的恐懼卻越來越膨脹。因為雖然我記不得兇手的臉，但他卻可能記得我的臉，兇手以為我們認得他，下次或許會來殺我或其他女孩。這段時間，身邊的大人們雖然會謹慎留意，但大家漸漸就忘了。說不定兇手等到我們落單的時候才會下手……

不論做任何事，我都有種錯覺，好像兇手正從窗縫邊、屋子的陰影下、車子裡監視我。

好可怕、好可怕、好可怕，我不要被殺，因此……

——絕不能變成大人。

然而，即使偶爾感覺到別人的視線，隨著日子漸長，我回想起那件事的次數也減少了。中學、高中，我進了文藝類社團中最嚴格的管樂隊，可能是每天緊迫的練習生活，讓我根本沒有心思去想那件事。

但是，我無論心靈上和身體上都沒有從那件事中得到解脫。這一點，是在我高中二年級，十七歲的時候才發現——不，其實是醫生告訴我的。

到了那年，我的初經依舊還沒來。母親說，就算個子再小，到現在都還沒有月經還是不太尋常，或許每個人的早晚不同，不過還是到醫院去看看吧！於是，我到鄰鎮的縣立醫院去看婦產科。

高中生走進婦產科的大門，實在需要勇氣。我到那時才發現自己的月經沒有來潮，雖然原因大概心裡有數，不過總覺得不至於會沒有月經，只怕是染上什麼婦科疾病可就不妙了，想到這裡，我才鼓起勇氣去看醫生。

鎮上也有私人婦產科醫院，但我絕不能讓鎮上的人看到我進出那種地方。我跟男生之間別說是交往，連交談的機會都微乎其微，若是傳出什麼莫名其妙的謠言可就糟了。

檢查的結果沒有特別異狀，醫生說，會不會是精神上的原因呢？像是在學校或家裡受到太大的壓力。

我這才明白，精神上的原因果然會導致月經不來或中止。變成大人就會被殺，有了月經就會被殺——我不斷向身體暗示這一點，起初是有意識的，後來慢慢轉成潛意識。即使我不再回憶命案的經過，但在腦海深處，還是一直被這件事所束縛。

醫院建議我去接受諮商，並且定期注射荷爾蒙，但我說要和父母商量便回家了，此後再也沒去醫院。我告訴母親身體沒有異狀，只是稍微遲了點。

我想，反正只要時效到期之後來就行了。

即使離開鎮上，混入人群，在不知道那件事的環境中生活，也有可能與那名兇手相遇。但是只要我的身體還沒有成熟，就能保護自己，我想從這裡得到安全感。

漸漸地，我期盼的不再是兇手遭到逮捕，那起命案被重新炒作，我更希望的是快點到達時效期限，讓自己從那件事中得到解脫。

——這跟我和您的約定沒有關係。

但是，我作夢也沒想到會再次與您見面。

從女子大學英文系畢業後，我在從事染料經營的中堅企業謀得一職。這間公司裡，不論文科或理科畢業，新人都必須被分配到檢查室工作兩年，以便了解自己的公司經營的是什麼樣的商品。

我從高中化學課之後，就沒再接觸過試管或燒杯，而且也是第一次看到一台價值數千萬的分析儀。氣相層析儀、液相層析儀……等，公司的人對我解釋那些四方形儀器的名字，我依然不了解它們的用途，不過儀器一角的商標我卻有印象。

是足立製造廠。那個空氣乾淨的鄉下工廠，原來做的是這種儀器嗎？油然生出親切感的同時，也湧起被小鎮逮到的厭惡感。當時才剛進公司，便有種複雜難解的心情。

進公司三年後的春天，我第一次接受檢查室室長幫我牽線相親，那時我剛完成兩年的研修，確定將正式分配到經理部工作。

「有一家經常關照我們的老客戶，他們董事表親的兒子說以前曾經見過妳，所以再三拜託能正式見個面。」

如果室長找我出去，單獨跟我談這件事的話，就算是主管的指示，我也會斷然拒絕，因為我不是個能結婚的人。但是，室長卻是在同期同事在檢查室裡打包行李、準備轉調部門的時候，大聲向我宣布，並且當場把照片和介紹書交給我。不用說，大家全都感興趣地圍過來看。

打開照片，女同事們不約而同地叫道：「很帥呀。」打開介紹書，男同事則大叫：「好厲害。」看到這種熱烈的景況，室長更是起鬨地說：「怎麼樣，一表人才吧？」嫁入豪門囉、人生最大的頭獎哦，大家你一言我一語地說著，讓我完全失去拒絕的時機，只好回答：「那就麻煩您費心了。」

一流大學畢業、在一流公司上班、外表俊秀的菁英，為什麼會看上三流公司的女職員呢？到底是在何時見過我、對我有興趣的呢？這些疑惑到相親之前一直在我腦中打轉，最後得出的結論是：他一定是認錯人了。

相親沒有尷尬的形式，只是兩個人吃頓飯，但這反而讓我發起愁來。雖然走進社會後，終於能跟男性正常交談，但我還沒有跟初識的男性單獨吃過飯。

我穿著同事熱心幫我挑選的充滿春天氣息的粉紅色洋裝，走進約定的飯店大廳，照片上的那個人立刻向我跑來，就是孝博。

他以開朗又有禮貌的口吻，先為自己透過主管牽線道歉，又感謝我假日特地出門。我只說了個「我」字，接下來就語無倫次，連招呼都忘了怎麼打，便隨著他到已預約好的頂樓義大利餐廳。我定了定神，把事前準備好、內容平凡無奇的自我介紹書遞給他。

但是他連看都沒看就擺在一邊，說道：

「妳以前住在××鎮，對吧？」

提起那個空氣乾淨的鄉下小鎮，我心中揪了一下。但他還是滿臉笑意地繼續說：

「我從小學六年級到國中二年級也住在鎮上。我們差兩屆，妳不記得吧？」

別說是記得，我根本不認識他。他小學六年級時，我應該是四年級，那是工廠蓋好那年，學校全是轉學生。

「真可惜，我還跟妳玩過呢——法蘭西娃娃參觀團，走在最前頭帶路的應該就是妳。」

哦，你也是其中之一嗎？我心想。但我還是想不出他是哪個孩子。不過，在我還沒憶起當時的挫敗感和之後的法蘭西娃娃偷竊案前，他就改變了話題。他在那裡住了三年，一定知道那件命案，說不定還知道我也牽涉其中，不想再提或許也是體諒我。

孝博在經營鐘錶的部門擔任業務，藉公事之便常有機會到瑞士去，他說，瑞士讓他想起那個小鎮，不禁十分懷念，碰巧有次看到我，所以一直希望能再見我一面。

我問他是在哪裡遇見我的？他說：「很可能是貴公司尾牙之類的聚會上吧！」我提起某家中華餐廳的名字，他連聲稱是，說他和朋友剛好也在那裡。我心想，世上怎麼會有這麼巧的事？說來不好意思，但我甚至還有點命中注定的感覺。事到如今，我猜他當初都只是順著我的話敷衍而已吧！

那次之後，我和孝博每星期會見個一、兩次面，吃吃飯、看電影或是逛美術館，相當普通的約會。但只要和他在一起，不可思議地，我便能拋開被人監視的恐懼，每次分別的時候甚至還覺得有些捨不得。

不過，他從來沒邀我上賓館，也沒到過我獨居的公寓。當然，他用計程車送我回到家時，我也從沒邀他上樓喝過茶。如果我真這麼說，而他進來了，接下來該怎麼辦？每次想到這裡，腦海中就會出現這樣的聲音，讓我一直質疑自己。

第七次約會時，他突然向我求婚。

那是我們第一次牽手的日子，不過當天我們去欣賞一齣知名音樂劇的首演，在混雜的會場中兩人就要被沖散了，所以他只是拉了我一下而已。但光是那一下，我便心跳加速，後來無來由地感到悲傷，戲演到一半，我在漆黑的劇場裡怔怔地流下淚來。

「公司把我長期派駐到瑞士，妳願意陪我去嗎？」

當服務生送來法式懷石料理的甜點和搭配的高級紅酒之後，他這麼對我說。這家餐廳的設計十分隱密，各桌都自成一室，是個最適合甜蜜情侶互許終身的場所。我心想，如果我能毫不猶豫地接受這分夢幻的請求，該有多幸福啊！

但是我不能答應，我有不能結婚的理由。

「對不起。」我低下頭。「為什麼？」他問。雖然這是必經的過程，我還是惶惑無措，心裡暗想著不如用個常見的理由，譬如說：「請別把心思放在我這種毫無優點的女孩身上，找個更適合你的女孩才能得到幸福」之類的話拒絕他就行了。但又覺得這樣缺乏誠意，我應該把真正的理由向他坦白。

真沒想到，我竟會為了拒絕求婚，而將這件諱莫如深的事說出來。

——我少了女人的那個部分。

他露出目瞪口呆的神情，想必這句話完全在他的意料之外。我決定在羞恥感溢滿胸口前全盤托出：

我至今二十五歲，還沒有來過月經，因為我的腦中拒絕變為成年女性。我的身體應該沒辦法接受正當的性行為，也不可能生孩子，像你這樣前程大好的男人，不可以跟我這種有缺陷的女人結婚。

第一次，我詛咒這個為了保護自己的自我催眠，早知有這個緣分，高二那時候真該去打針、諮商才是。我心裡不禁後悔萬分。

然而，我覺得哭泣是膽怯的行為，因此硬生生把淚水吞了回去。白巧克力慕斯上裝點了色彩繽紛的莓子，我將玻璃藝品般的點心放進嘴裡，草莓、覆盆子、蔓越莓、藍莓……即使學會了每種莓子的名稱，我卻依舊被束縛在那個鄉下小鎮。

——我不介意。

孝博這麼說。我只希望妳跟我在一起。當我工作累了，回到家能看到妳，跟妳談談一天發生的事，擁著妳入睡，就是無上的幸福。妳能與我一起搬到像我們故鄉的那個地方，開始新的人生嗎？

而且，離開日本對妳來說，是個不錯的選擇呀！妳之所以身體失調，一定是那件殺人案害的吧！所以或許妳會不安地想，那個地方跟故鄉相似，會不會讓妳想起那段往事？不過，有一件事我可以跟妳保證。

新的地方沒有殺人兇手，而且我會保護妳。

我問孝博，結婚典禮要不要請您來，這才驚訝地發現，孝博的父親跟麻子夫人的先生是同事。我說，夫妻倆見到我，會不會因為想起那件事而難過？但孝博說，他希望兩位一定要出席。

坦白說，如果可以的話，我不想再和您見面，因為我擔心自己未能完成約定，便想得到幸福，一定不會獲得您的原諒。只是，關於婚禮的一切我沒有置喙的權利。結婚場地在一位名建築師設計的美術館裡，那兒曾有許多對藝人辦過婚禮，花費不貲的豪華儀式，費用全由孝博在足立製造廠擔任要職的父母買單，我能出意見的只有自己的婚紗罷了。

但是婚禮當天，您看著我，要我忘了那件事，叫我一定要幸福。聽到這句話，我心裡多麼高興呀……另一件快樂的事，是孝博為我準備的驚喜計畫。

在與孝博討論婚禮的時候，我一直記掛著挑選婚紗之外的晚禮服。但孝博卻說從頭到尾都穿白紗吧！二話不說便退掉別套晚禮服。到了婚禮中段時間，負責人突然交給我一個綁著蝴蝶結的大盒子，說是新郎給我的驚喜，然後帶我到休息室去。

打開盒子，裡面放著一件粉紅色禮服，胸口和下襬都綴有白羽毛，肩口和腰部別了一朵大大的紫玫瑰。換裝之後，頭上又佩戴了紫玫瑰與白羽毛所做的飾品。或許這本來就是全套的吧！我這麼想著，走到鏡子前一看，眼前竟是老家客廳裡的那個法蘭西娃娃！

怎麼會呢？我立刻想到，我和孝博的邂逅是因為法蘭西娃娃參觀團。向都市小孩炫耀過時娃娃的鄉下丫頭——他一定是想到當時的我，為了給我驚喜、討我開心，才訂製了跟娃娃同款的禮服吧！

回到會場，孝博凝目屏息地望著我，接著粲然笑道：「妳真美。」

在大家的嬉鬧與祝福中，我度過幸福的時光。兩天後，我與孝博一同踏上了旅程。當從飛機上俯瞰的景物變得越來越小，我的身體充滿了解放的感受。沒有殺人兇手，而且我會保護妳——然而，兇手一直都在。

我現在身處的地方，是個可愛又美麗的鄉村，不僅空氣與那個小鎮十分相似，連其他地方也像得令人驚嘆。過著兩人世界的生活，到現在正好滿兩星期。

寫到這裡，我突然有些心驚。我本想這封信可以用比較平靜的心情寫成，但從這裡開始的部分，我沒信心順利把它寫完。不過，接下來的事卻是非寫不可。

——是嗎？才兩星期嗎？

首先，從抵達這個鎮的那天開始……

我已聽孝博說過，在我們新家，餐具、家具等生活必需品幾乎一應俱全，所以便把單身時的用具全部處理掉了，服裝也只先寄了必要的幾件。孝博在婚期決定後，又來瑞士出差了好幾次，所以屋裡的用品應該是在那個時候張羅的吧！

我們在此地時間的上午抵達機場，公司派了人來接我們，所以我也一起先到公司問候，參加歡迎的聚會後，才帶了賀禮坐上公司的車子，和孝博兩人前往新家。

那天，我對所聞所見不斷發出驚嘆。而到達高級住宅區的一角、外表宛如古董娃娃屋的新家時，最是讓我興奮尖叫。我只能不斷地驚呼：「太美了！太棒了！」

屋子是兩層樓，一樓有兩個房間，包括寬敞的起居空間和房間。客廳有沙發組和書架，雖然已將結婚賀禮中的落地時鐘擺進來，但還是十分單調。我叨叨絮絮地說著：餐具很齊全，但我還想要情侶對杯；餐桌應該搭配橘色的餐巾，窗台該用許多照片來裝飾。孝博聽了直笑，只說：「妳喜歡怎麼擺就怎麼擺，但是先把行李整理好吧！」一旁的小房間裡，堆滿了從日本送來的紙箱。

二樓是四個大小不一的房間。最裡面的大房間是臥室，其他房間怎麼用，他叫我自己決定，我們從最外面的房間依序看起。走在寬闊的走廊上，我心想這房子給兩個人住真浪費啊！接著，正當我握住最裡面那房間的門把時，孝博說話了。

「這一間晚點再看，我先前就收拾好了，所以只有這間房今晚起就可使用。我們先去吃晚餐吧！」想到臥室準備妥當，讓我害羞起來，於是我聽他的話沒打開門，而是隨著他到家附近的餐廳用餐。

喝了啤酒、品嘗了當地淳樸的家常菜，滿心愉悅地回到家門口時，孝博突然將我橫抱起來，用抱新娘進洞房的姿勢，跨上樓梯直驅二樓。打開最裡面的門，來到房間的正中央才輕輕地將我放下。房裡一片漆黑，視線朦朧不清，但我知道自己是在床上。

背上的拉鏈被解開，洋裝從肩頭滑下來。在日本幾天的飯店生活中，孝博因為工作交接而忙碌，所以我還是完璧之身。現在該是時候了，我想，身體雖有缺陷，但我對他的愛應可有所彌補，他也會包容我的。

我感到心臟猛烈地跳動，不禁沉住呼吸，但一種軟膨膨的東西從頭頂鋪蓋下來，他幫我分別舉起兩手穿進袖裡，再拉起背後的拉鏈，最後牽著我的手站起來，又整理長裙的下襬。我察覺到他幫我穿上了禮服。

燈亮了。孝博打開了室內燈，同時，一尊法蘭西娃娃躍入我的眼簾——它站在床邊雕刻精美的木桌上，正對著我微笑，那張臉跟舊日老家客廳裡的娃娃一模一樣。

他幫我買了同樣一個娃娃嗎？並不是，因為娃娃右眼下方有顆小小的愛哭痣。但是衣服不一樣，她穿的禮服不是粉紅色，而是水藍色的，而且他幫我穿的，也是同款的水藍色禮服。

我茫然地回頭看他，孝博露出婚禮上的粲然笑容凝望我，然後開口說：

「我的寶貝娃娃。」

「這是……怎麼回事？」我擠出沙啞的聲音問道。他卻厲聲大叫：「不許說話！」看到他笑容消失、神情焦慮的模樣，我終於記起參加法蘭西娃娃參觀團時，他是哪個孩子了。他瞬間恢復輕鬆的表情，要我坐在床上，自己則坐在我身邊。

「對不起，說話那麼大聲，有沒有嚇到妳？」雖然他語調溫柔，但我一個字都答不出來，因為他雖然望著我，眼神卻不像看著活人。我默默地回望他，他舉起大手輕輕摸著我的頭說：「乖哦！」

然後，他這麼說——

在那之前，我從不知道戀愛是什麼。身邊的女生都是父母從牙牙學語便全力栽培的名媛，看起來既早熟又無趣。我那同樣特質的母親對於成就比自己差的研究室屬下，以及在同部門工作的父親，也只會挑剔抱怨。

但是，有一天我們搬家了，搬到一個鳥不生蛋的小鎮，荒蕪得幾乎令我懷疑自己還在日本。那裡住著我沒見過的小孩人種，粗野、滿口髒話、小心眼，想到要跟這些傢伙生活好幾年，我幾乎要發狂。

就在這時候，同大樓的一個孩子邀我去看個有趣的東西。我怎麼知道那會是娃娃？為了排遣無聊，便跟著鄉下髒小孩去了。那些鄉下孩子隨意打開別人家的大門，大叫一聲：「請借我們看娃娃！」而屋主連頭也沒探，只回答：「請便。」這情景實在教我不敢置信，那些孩子居然直入別人家客廳，恣意地觀賞、玩耍。

但是，太好玩了。因為除了娃娃以外，從屋子裡擺設的圖畫、獎狀、紀念品等東西，讓我可以想像出那家人的模樣。當合乎想像的屋主端著麥茶和可爾必思走出來時，我真的感動莫名。後來，從大約第四家開始，我留意到娃娃的造型跟屋主的孩子有幾分相似，於是更加用心地觀察，不過留下的都是「兇巴巴」、「裝模作樣」、「智商低」等不好的印象。

倒數第二家就是妳家吧！我已經看膩了，正想偷偷溜走，但我第一眼看到那個娃娃，就想要擁有它。

那張奇妙的臉，分不清是有著成熟氣息的小孩，還是童顏的大人，還有令人忍不住想伸手拉一拉的修長手腳，都充滿了魅力。如果她能陪伴在我身旁，隨時跟我說說話該有多好？我對娃娃的主人也同樣懷著期待，然而，她只是跟娃娃在同一處有顆痣的瘦乾鄉下丫頭。

回家之後，我一直忘不了那個娃娃。爸媽在隔壁房間傳出吵架聲時，我想起她；不懂同學踢罐頭的規則而被嘲笑時，我也想起她。終於，我下定決心，一定要把她弄到手。

慶典那天，家家戶戶比平常更沒警覺，我不費吹灰之力就把她偷出來了。我把她小心翼翼地帶回家之後，又偷了另外五個，因為即使東窗事發，我也不想讓人知道我愛上娃娃。其他的娃娃當天就被我丟進工廠焚化爐燒掉了。

我沒有罪惡感，因為我相信我可以比任何人都珍惜。

沒多久，發生了殺人案，被害者是同一棟大樓的孩子，所以引起軒然大波。然而，我最訝異的是娃娃被偷事件居然和殺人案扯在一起。

我焦慮起來，怎麼會呢？如果把我錯認為殺人犯怎麼辦？我稍稍調查了一下，決定到命案相關的女孩家去，那就是妳家。我想見的女孩正好從學校或警察局回來，在母親陪伴下低頭走著。我跟那女孩四目交接，那一秒，我打了個冷顫，因為妳們有著同樣的眼睛。

雖然只是個鄉下的瘦丫頭，但有一天，也許會脫胎換骨。雖然不到一百公分的妳很完美，但真人比例的妳一定會更美吧？不只可以跟站立的妳說話，還能叫妳坐、一起走路、抱著妳入睡，我有預感這將是一個奇蹟。

沒多久，新聞報導說嫌犯是個四十到五十歲的男子，我便不再擔心命案了，一心一意地只想著妳。

妳似乎沒有注意到我的存在，但我一直看著妳，不管在學校、上學路中、在家門前。後來因為爸媽調職，我又回到東京，但為了能看到妳，每次放假我都去那個鎮，假裝到鎮上可有可無的朋友家去玩。

妳果然如我預期地長大。有段時期我很擔心，妳若是學會向男人拋媚眼、做出低賤的事該怎麼辦？不過，妳完全沒有表現出那種舉止。進大學之後，我曾想過上前相認，但為了建立迎妳進門的基礎，我忍下來了。

「我少了女人的那個部分。」當我聽到這句話時，心裡的震顫比四目相接時更激烈了。因為我知道，妳是個如假包換的活娃娃。如果那件殺人案實現了我的夢想，我應該感謝那個兇手才對……

好了，過來。只有夜晚，妳才是我的娃娃。

不知是長途飛行的疲倦，還是說話說累了，之後他就像抱著寶貝娃娃一樣，擁著身穿禮服的我立刻睡著了。

好噁心、好恐怖……我那時的心情實在難以用一句話來形容。長久以來，一直被人監視的感覺原來不是我的錯覺。雖然我知道他不是兇手，但卻沒有任何解脫感，反而被另一波的恐懼所攫住，也許自己已經陷入了更可怕的陷阱。想到這裡，我連一分鐘都無法入睡，「明天回日本吧！」這個念頭不斷盤旋在我腦海中。

但是天一亮，當我悄悄地從床上鑽出來時，孝博應該發現了，卻沒有阻止我。我洗了澡、換上普通的衣服，用前一天買的麵包和蛋做了簡單的早餐，而他也若無其事地起床。

他一如往常地用開朗的口吻說：「今天我得早點到公司，如果妳覺得寂寞或是遇到麻煩，就打我手機。」出門前給了我輕輕一吻。

昨晚的事或許只是一場夢。不對，那是事實，一定是他啤酒喝多，醉了吧！也許他的確是因為喜歡娃娃才偷走她，為了掩飾自己的羞愧，所以才編出那樣的謊言。

我一面安慰著自己，一面走進臥室打掃，娃娃穿著紅色禮服，神情溫柔地迎接我。臥室內有床和桌子，以及和桌子同款雕刻的衣櫃。我緩緩走近衣櫃，鼓起勇氣以雙手同時拉開櫃門——裡面分別放著各色依娃娃和我的體型訂製的服裝。

我凝視著這些衣服，彎下身，淚水如泉湧出，旋又大笑起來。在昏暗中突然被套上華服，聽到正常邏輯難以接受的話，心裡自然覺得恐怖，但在有著陽光灑進來的明亮房間中，這個掛滿禮服的衣櫃就像馬戲團的小丑一樣，既華麗又歡樂，卻也十分滑稽。

他是以什麼樣的姿態、到哪裡找來這些行頭的呢？難不成是拿著用色鉛筆畫的圖，再請別人訂做的嗎？就像我丟掉的娃娃筆記那種？

孝博肯定在幼年時欠缺了某種重要的東西，而那種缺乏，卻從我家客廳那尊可能幾年後就會丟掉的娃娃身上得到滿足。若真是這樣，那不是很好嗎？一天當中，我只要忍受幾個小時就行了。是他把我從那個鄉間小鎮帶到這麼遠的地方，兩個心靈殘缺者為了活下去，需要一個滑稽的儀式來隱藏這種殘缺。

他應該也很擅長自我催眠。

晚上，孝博從公司回來後，見到我還跟白天一樣的日常打扮，露出不高興的表情。我搶在他開口前，把想法一古腦地全說出來。

就算到了晚上，家裡也是我所需要的生活空間。我們不能在吃飯、上廁所、洗澡之後，再到那間房裡迎接真正的夜嗎？

我很擔心他會高高在上地說：「妳不能用娃娃的身分迎接嗎？」不過他露齒而笑，問我：「晚飯吃什麼？」

然而，第二天、第三天，扮演娃娃還是令我痛苦。如果只是靜靜聽他說話倒還好，但我難以忍耐他把手伸進禮服裡恣意撫摸，用舌頭舔舐露出的皮膚。還好，過了幾天之後，我漸漸習慣了這些動作，甚至期盼扮演娃娃的時刻早點到來，期盼他能再摸一下，到了黎明甚至感到難過。

不過，昨晚不一樣。

清晨起來我發燒了，肚子開始陣陣刺痛，到了下午已是無法站立的狀態。我躺在客廳沙發上，蓋了毛毯閉目休息，但時鐘的聲音十分刺耳，片刻也睡不著。我把時鐘塞進沙發下才終於勉強睡了，然而疼痛並沒有消失。

到了晚上，孝博回到家，看到我煞白的臉色十分擔心，我說很抱歉沒有準備晚餐，他要我不用放心上。

聽到這樣體貼的話，稍微鬆懈下來有錯嗎？我接著說，今晚想獨自在客廳裡睡。但孝博冷冷地回了一句：「不准。」直到現在，我依然不懂他為何這麼生氣。但昨晚一股無名火衝上來，我憤怒得失去理智。

「我身體不舒服，別叫我玩那種變態遊戲！」我狂吼出這句話後，臉頰突然掠過一道刺辣的痛。

「妳剛才說什麼？」

孝博打了我一記耳光，目露兇光地走近，但我並不退怯，情緒已經沸騰到最高點。

「妳說我變態?!妳不知道自己才是變態嗎?!」

孝博大吼的同時，我的臉頰再次吃了一記刺痛，我倒在地上。他強迫騎在我依然疼痛的肚子上，兩手勒住我的脖子。

「把話吞回去，我就饒了妳！快把話吞回去，趴在地上跟我道歉！」

就在那時，我感覺兩股間流出溫熱的液體，就算不起身，我也能想像那是什麼顏色。霎時，命案當天發生的經過就像快轉的影帶般，在我腦中急馳而過。

玩球的孩子們、一旁出現的工作服男人、遭到審視的孩子們、被帶走的英末理，還有游泳池更衣室的景象……

——他會殺了我！

接下來，我就什麼也想不起來了。

在我寫信的這張餐桌稍遠處，孝博躺在沙發前，頭上流出的血已經乾了，凝結成黑色，沾滿血污的時鐘掉在他的頭旁邊。就算隔了一段距離，但一眼就知道他已經沒氣了。

我想，應該是我殺的吧！

腦海急馳過的景象中，我想起了一件事。

當時，我們四人眾口一致地叫那個兇手「叔叔」，但其實他年紀沒那麼大，大約才三十幾歲。再加上偷竊法蘭西娃娃的另有其人，雖然追捕時效已近，但我想它應能成為一條有力的線索，衷心期盼那件案子有水落石出的一天。

——這樣算是完成跟您的約定嗎？

等一下我就會把信寄出去，然後返回日本。我不太清楚在國外殺死丈夫會在什麼地方受到什麼樣的處分，所以我想先回國，然後向最近的警察局自首。

或許接下來我得去服刑，但想到今後，我終於能過著解脫的人生，便絲毫不覺得苦，我甚至感到內心相當平靜。此刻我感覺到，在這一切發生之前，自在呼吸著家鄉新鮮空氣的自己，終於回來了。

最後，請多保重。再見。

紗英筆

家長大會臨時會議。

今天，非常感謝各位能在百忙中，風雨無阻地撥冗參加市立若葉第三小學家長大會臨時會議。

原本站在負責人的立場擔任說明的，應該是本校校長或主任，而不是我這個級任老師，但由於各位家長和本區長官最想知道的事，只有我能以成人的立場做出正確說明，所以才央求學校勉為其難地讓我站上這個講台。

此外，我想先聲明一點，今天所講述的內容，由於事先沒有準備講稿，也沒有接受上級審查，萬一有任何發言不妥之處，並非學校的責任，而應由我個人來承擔。請各位多多體諒、包涵。

那麼，現在我就來說明本月初發生的「若葉第三小學兒童傷害事件」始末。

事件發生在七月五日星期三，上午十一點四十五分左右，地點在校內的室外泳池。那一天，四年一班和二班聯合上游泳課，天氣晴和，泳池的狀況極佳。游泳課是第三節和第四節，時間預計從十點四十分開始，十二點二十分結束。一班擔任指導的是我和篠原，二班則是級任老師田邊。

本校的游泳池，就在各位現在所在的體育館正面看出去，隔著操場的對角位置。若從校舍來說，從離正門最遠的第三校舍換上室外鞋後，走出操場，穿越爬杆和單槓等遊戲器具之後走到盡頭，就是游泳池的門口，以滑動式鐵門隔開。

出入口只有面對操場的那個而已。

為了防範意外，除了授課或游泳社團使用外，這個門都從外側以金屬鎖頭鎖好，使用時很難想像會有人侵入，而且為了在學童身體不適時方便送往第三校舍一樓的保健室，大門通常保持開放狀態。

進了門之後，前面有置鞋櫃，在那裡脫了鞋，走上幾階樓梯就是游泳池。更衣室和淋浴間都在泳池後面，學生們走過有點寬度的跳水台側走道，進入更衣室換好衣服後，到隔壁的淋浴室完成消毒，再到跳水台前集合。更衣室後方有鐵絲網，外面是別人家的橘子園。

各位都明白各設施大概的配置了嗎？

學生們要上游泳課前，每次都要附上需要家長填寫的健康狀況表並且簽名，所以家長們都能了解貴子弟哪一天、幾點上過游泳課。

但是有家長卻在電視訪問中毫不考慮地說：「完全沒接到學校聯絡，不知道我家小孩今天有游泳課。」我們班上有好幾位家長都這麼說，這些人到底想要訴求什麼呢？

關於游泳課的日程，有些學童需要醫生許可，所以在每學期發的學期行事曆「每月課表」上都會以粗體字標示，而且游泳課表也都會發給全班同學。

請不要誤會，我在此絕無埋怨的意思，而是希望對於這次的事件，各位不要一味站在被害者的角度，而應從有責任保護孩子的大人，也就是各位家長與本區居民的立場來思考，所以才舉這個例子來說明。

按照課表記載，四年級的游泳課自六月第二週開始，每週兩堂，所以一學期共有八堂課，而那天是第七次上課，因此孩子們已非常習慣游泳課，兩班共七十名同學都已能游完二十五公尺，所以並不需要關照哪個特定的孩子，上課情形十分順利。

課堂的最後三十分鐘，要測量游完二十五公尺自由式的時間，所以從第四節課開始的十一點三十五分之後，學生們就按各班學號分在各水道依序練習。

六條水道從操場那邊開始算起，練習時，一班用第一水道到第三水道，二班用第四水道到第六水道。因此，我站在靠操場那一側，田邊老師站在更衣室邊的走道，各自監看和指導自己班上的學生。

每條水道各有大約十二名學生，按座號排隊下水，游泳時前後各間隔五公尺，一次三個人。其他學生就在後面排好隊，坐在各水道的跳水台前等候。

當手錶指著十一點四十五分時，我心想，該到測量時間了——那個叫關口的歹徒，就在此時闖入。

我想電視新聞也已經報導了。關口和彌，三十五歲，無業。

在這裡，我有個請求：大家聽到我接下來說的話，腦中應會想像事件當時的情景，但是請不要用電視上出現的照片來想像。

電視上公布的是一張清秀端正、笑容可掬的少年，那是他高中畢業紀念冊裡的個人照。但現實中，他的體型魁梧，幾乎與照片判若兩人，身高比我略矮，估計約一六五公分，但體重卻有我的兩倍以上，我甚至懷疑應該破百。

然後請各位想像一下：

我擔任老師已經兩年多，田邊老師也進入第六年，所以合班上課是田邊老師主導建議的。我看看手錶，轉向田邊老師，並且吹起掛在頸上的哨子，舉起一隻手作為信號。

就在這時，一個穿著不知哪國軍服的男子從更衣室後方跑出來，手上握著長二十公分以上的藍波刀。在情勢不明的狀況下，我立刻吹起哨子。

田邊老師吃驚地回頭，發現了關口，學生們也大聲尖叫。關口用身體把田邊老師撞下游泳池。學生們雖然尖叫，但都嚇壞了，僵在原地不敢動彈。

「這個國家就快滅亡了，與其活著被俘虜，不如壯烈地死吧！」

關口叫嚷著說完，便往學生那邊衝去。

就在同時，我也往前繞過半圈游泳池，但我沒有任何可以當武器的工具，全身上下就只有一件泳衣。關口抓住最靠近他的學生——排在第六水道最前頭的池田同學的手，揮起刀子，說時遲那時快，我立刻吹著哨子飛撲向前。

我利用排球救球的姿勢飛撲關口的腳踝，抱住他雙腳。關口受此衝擊跌倒在地，手上拿的藍波刀刺向自己的右大腿，可能因為疼痛驚嚇，他雙手壓住刺傷的部位，一翻滾便直接掉進游泳池裡。

不知是太痛了，還是他本來就不會游泳，或是因為太胖，關口大叫「救命」，開始沉入水中掙扎。

原本在游泳池裡嚇呆的學生們紛紛驚慌地爬上游泳池，我指示學生全部撤離到操場上，然後用男更衣室裡的電話聯絡教職員辦公室，請他們叫救護車。

因為池田同學的左腹被刀刺傷了。

我們更衣室前放著毛巾架，我從那裡抓下幾條別人的毛巾替池田同學止血，保健室的奧井老師也跑過來接手幫忙。那時，我看到關口手攀在游泳池邊，正打算爬上來。我衝到關口前面，提腳順勢踢向他臉部。之後，其他老師和警察、救護車都到了。

以上，就是整個事件的大致經過。

幸運的是——我不知道憑什麼這麼說——池田同學現在雖然還在醫院，受了重傷需要三星期才能完全康復，但是並無生命危險。有幾名同學在撤離途中因為跌倒而膝蓋擦傷，但除此之外，其他沒有一名同學被關口所傷。

大致的過程與結果，之前已向學童和家長、本區長官報告，也透過報紙、電視等媒體傳遍全國。

雖然這是在校園發生的重大事件，但我們能做的都做了。我對池田同學感到很抱歉，然而我們已經把傷害降到最低。不過出乎意料地，學校仍受到各位、以及遠地陌生民眾的嚴厲指責。

首先，被批得最慘的是田邊老師。

他被關口撞下游泳池後，一直潛在小學生用、水深僅一公尺的池裡，直到警方來到。再者，因為池田是二班的學生，而且當某位學生的父親詢問：「田邊老師那時怎麼了？」學生回答：「真紀老師打倒壞人救了我們，可是田邊老師卻一直躲在池子裡。」同樣的對話也出現在很多學生家中。

學生沒有說謊，我想田邊老師是真的躲起來了。堂堂一個男老師怎麼可以不顧學生安危，自己躲起來呢？於是田邊老師成了全國都知道的懦弱老師。

大家可能會想，個子挺拔、曾受過嚴格訓練、參加過全國運動會的網球選手，怎麼會嚇得躲起來？我想大家現在應該明白為什麼剛才要說明關口的特徵了吧！即使如此，各位還是認為田邊老師是個膽小鬼嗎？

那麼，如果是各位遇到這種情形，你們會採取什麼行動呢？

我認為人類是一種思考模式非常自以為是的生物。

舉例來說，看過電影「鐵達尼號」的人，看的時候會想像自己也坐在那艘將沉的豪華客輪上吧？會想像在危急中只有自己獲救的景象吧？會想像自己冷靜地抓住浮板、安全地爬上去等待救援吧？

看到地震或火災的新聞時，各位難道不曾想像過，只有自己瀟灑地從即將崩塌的建築中飛躍、逃出的畫面嗎？看到隨機殺人狂的新聞，一定想像過自己在千鈞一髮之際閃過刀子的情景吧？聽到學校有歹徒入侵，恐怕也想像過自己心生妙計，採取行動擊退壞人的模樣？

根據這樣的想像，便自認為我能做到，為什麼那個彆腳老師不能？而自以為想像就一定可以實踐的人，其實自己恐怕什麼都做不到。

那妳又怎麼說？妳想炫耀自己突襲關口，是個勇氣過人的女英雄嗎？……我相信在座很多人心裡都這麼想。事實上，在事件發生、英勇女教師等新聞曝光之後，也有無數人透過我班級官網的郵件地址，傳來郵件要我「不要得意忘形」。

我並沒有得意，因為我根本不是個有勇氣的人。

在非常狀態下能採取適當行動的人，多半不是經過日積月累的訓練，就是過去曾有過類似經驗。

而我，屬於後者。

大約十五年前，那是我小學四年級的夏天。

我在本縣讀大學，直接參與本縣的教師資格考試，然後被派任到這個海邊小鎮的市立若葉第三小學就職，但我生長的故鄉是另一個不相干的地方。

——××鎮。你們聽說過這地方嗎？

那是一個山間小鎮，面積和人口與這裡差不多。此外，在經濟方面，由於本鎮是依附造船廠而成立的狀態，也大致相似，所以雖然外稱本鎮是縣裡的偏僻地方，但我在這裡的生活，一點也沒有不適應之處。

我問孩子們，大家住的小鎮是什麼樣的地方？有人回答是個海邊很美的鎮，也有人說是自然景物豐富的鎮。這些都是正確答案，但是應該是在低年級的時候，老師在課堂上這麼說過，所以大家才會如此回答吧！因為自己家鄉的好，只有離家的遊子才會知道。

在小學時老師說，我們生長的小鎮是個空氣很乾淨的地方。

就在我小學三年級快結束前，有一家叫做足立製造廠的精密儀器製造公司，來到我們鎮上設立新工廠。但是住在那裡的時候，我一點感覺也沒有。

我最愛本鎮的空氣，因為大大吸一口氣就可以聞到海潮的香味。不過，為了配合來本鎮工作，我買了一輛小轎車代步，使用狀況很一般，但才用第二年金屬邊緣便生鏽了，這時我才重新體認到，我故鄉那個鎮所謂「空氣乾淨」的意義。

就在那個芝麻大的小鎮，發生了一件殺人案。

那起命案爆發後的前三天，雖然在社會上引起極大的轟動，但事發一個月後，鎮上以外的人都把它拋到腦後了。全國各地三天兩頭就有殺人案發生，所以也很難教大家永遠牢記，況且不相干的人也沒有必要記住。

所以，雖然我家鄉小鎮的殺人案也發生在小學校園內，並且當時成為全國沸沸揚揚的話題，但時至今日，在座的各位應該沒有人還記得十五年前的這件殺人案吧！

那是在八月十四日發生的事。

我的家鄉規模跟本鎮差不多，請各位想想十五年前的狀況，就可以了解。對於一個跟祖父、母同住的鄉下孩子來說，盂蘭盆節並不是什麼特別的日子，甚至可以說很無聊，因為到大都市發展的親戚們都紛紛返鄉，家裡擠得無處可待，小孩們都被大人趕到外面去玩。不過，就算到外面，學校游泳池公休；到河邊玩水，大人又會罵：「小心被水鬼拉去投胎。」

鄉下沒有任何娛樂設施，連便利超商也沒有，反正早上就跟家人、親戚去掃墓，簡單用過午餐後，到太陽下山前，就像難民一樣在鳥不生蛋的鎮上到處亂晃。

不過這樣的孩子很多，不只是我，住在西區、一向玩在一起的同學紗英、晶子和由佳，家裡情況也大同小異。所幸我們的小學就在西區，所以我們就跟平時一樣，到學校裡去玩。

其中，有個女孩叫英未理，她不是在那個小鎮出生的。

上小學之後，同伴間玩什麼遊戲，一向由我決定。從小，我的個子就比別人高，在班上也常有同學把我當成姊姊。

比如說，孩子們在河邊玩，一不小心有人把鞋丟到河裡去了，這時大家都看我。他們不會叫我去撿，但會問：「怎麼辦？」這樣一來，我也只得下去撿了。我跑到下游，光著腳戰戰兢兢地走進河中，等著鞋子流過來，又撲又抓地撿到了鞋，大家就會說：「真紀果然不是蓋的。」把我當個有本事的大姊姊。

不只是小孩這麼想，學童們分成幾個路隊放學的時候，如果有小朋友跌倒哭泣，經過的大人就會指著我說：「妳是大姊姊，怎麼不好好看著呢？」在學校裡也一樣，如果班上有小朋友被排擠，不知為何老師就會對我說：「妳去找〇〇玩。」

其實我父母也是如此，我是家裡兩個女孩中的長女，所以在家裡我也很理所當然地受到同樣的待遇。像到了慶典等社區為小孩子舉辦的活動時，一定會要我擔任重要的角色。學校招募志工協助辦活動，要是附近其他孩子參加而我沒加入，母親知道了一定會敲我的頭或痛罵我一頓，所以後來只要那些活動不太影響功課，我都會參加。

因此，鎮上的人都說我「很能幹」，一再聽到這種話之後，連我自己也覺得自己「很能幹」了，出了事自然也由我決定——或者說，非得由我決定不可。玩遊戲時，我也會花心思想些大家都能同樂的點子。

各位來賓可能會想，這女人到底想說什麼？由於我說的內容與這次事件有關，所以希望大家能耐著性子聽我說。

——不過，上了四年級以後，情況有了變化。由於足立製造廠設立新工廠，學校裡來了很多從東京轉來的學生，一個叫英未理的女生轉到了我班上。父親在足立製造廠擔任要職的她，功課十分優秀，對於鄉下孩子不知道的政治、經濟時事，例如日圓高漲是怎麼回事、對國內有什麼影響，她都非常了解。

有一天，社會老師告訴我們，我們住在一個空氣乾淨的城鎮裡。儘管老師這麼說，但班上沒有一個同學相信，下課後，不知是誰問了英未理這個問題，英未理證實了老師的話，許多同學才跟著相信。

英未理說的話都是正確無誤的。

後來，班上同學有事裁決的時候，一定會找英未理商量。有些根本不需要都市知識，像是決定值日生或同樂會內容也都找她，然而這本來都是我的任務。

我的心情很複雜，可是我也覺得英未理說的話有道理，而且英未理的意見總是新鮮又有趣，因此也無法出言反駁，只好聽從她的意見。但是，她否定我跟死黨們玩的遊戲，還是讓我很不愉快。

英未理搬來稍早之前，我們女生之間流行玩一種到各家參觀法蘭西娃娃的遊戲，提出這想法的當然是我。大家玩得正著迷，但英未理加入後只說：「我覺得還是芭比娃娃漂亮。」從第二天起，這個遊戲便結束了。

在英未理掌控主導權之前，我想出了一個新遊戲，叫做探險遊戲。

從鎮中心稍微往山裡走，有一間廢棄的屋子，那是一棟造型摩登的洋房，但一直棄置沒有使用。孩子們謠傳，那是在東京當大老闆的有錢人為病弱的女兒所建的別墅，但還沒來得及蓋好，女兒就死了，所以從來沒有用過。但實際上，是休閒開發公司想要把那塊地蓋成別墅區賣掉，所以才蓋了一棟樣品屋，進行到一半時公司破產，因此就閒置下來。這件事我是很久之後才知道的。

大人們告誡我們不可以接近廢棄屋，而且門、窗都用木板釘死了，沒有路可以進去。朋友由佳家裡的葡萄園就在廢屋附近，有一天，她告訴我，廢屋後門的木板鬆脫了，鎖頭只要用一根髮夾就能輕易打開，所以我決定找平常的玩伴和英未理一起去。

探險遊戲太好玩了，讓我們完全把法蘭西娃娃拋到腦後，而且只有我們知道進入這屋子的方法。屋內只有幾件訂製的家具，但有個裝飾用的假暖爐和公主床，對我們來說簡直就像個城堡。我們帶著點心進去開派對，每個人拿出寶物藏在暖爐中，玩得不亦樂乎，然而這個遊戲只持續不到半個月。

有一天，英未理突然說不想玩了，而且她說：「我跟爸爸說了進廢屋的事。」我問她為什麼做這種事，但無論怎麼問，她都沉默不語，不肯告訴我們原因。不知道是不是英未理的父親動了手腳，後來我們再去時，後門已經用更堅固的鎖鎖死，再也進不去了。

但是，我還是跟英未理玩在一起，理由是英未理發起的新遊戲——玩排球。我之前便決定五年級之後要加入排球隊，再三央求爸媽買顆球給我，但他們總說，進了排球隊再說。然而，英未理有球，而且還是正式比賽指定的名牌。我很想有機會用到電視上日本選手打的同款球，所以得跟英未理先套好交情。

事情發生那天，我們也在玩排球。

我向大家提議：「到校園去玩球吧！」並且拜託英未理：「從家裡拿球來。」

那天是個晴空萬里的日子。各位或許以為，山間小鎮應該會很涼爽，但那天陽光熾烈，很難想像已接近夏末；在外面走一會兒，手臂和腳就曬得熱辣辣的。英未理說：「天氣這麼熱，到我家看迪士尼卡通錄影帶吧！」但是家長們都叮囑過小孩，在盂蘭盆節前後，「千萬別去別人家裡打擾」。所以我的意見被接受了。

而且，我不太喜歡英未理的家，太多名貴的東西，讓我覺得沮喪。我想其他孩子應該也有同感。

雖然我們嘴上喊熱，但還是走到體育館的陰影處，專注地玩了起來。我們圍成一個圈互相傳球，有人說了「目標一百個」，是英未理說的。她說，既然要玩，有個目標玩起來比較帶勁。的確沒錯，當我們數到超過八十的時候，大家都相當興奮，一邊傳，一邊尖叫。

英未理就是這樣的女孩。

第一次超過九十的時候，一個穿著工作服的男人走到我們身邊。他沒有拿藍波刀，也沒有吼叫，而是慢條斯理地走過來停下腳步，微笑著對我們說：

「叔叔是來檢查游泳池更衣室裡的換氣扇的，可是我一時粗心忘了帶鋁梯。只是要轉個螺絲釘而已，妳們誰來幫我個忙，我的肩膀借她站。」

我覺得這是我的義務，立刻表示我可以幫忙，其他女生也都想幫忙，但男人說我個子太高，其他女生不是太矮、戴眼鏡，就是太重，所以最後選了英未理。我暗想著：又是英未理！

心有不甘的我再次提議：「大家一起去幫忙吧！」所有人也都贊成，可是那個男人立刻用「這樣太危險」拒絕了，他要我們在這裡等著，等一下會買冰淇淋給我們吃。

於是男人牽著英未理的手，到游泳池去了。

在座的各位家長們，平常你們是如何提醒孩子安全守則呢？該不會認為這都是校方應該做的事吧？

「我們家孩子拿筷子的方法很奇怪，學校是怎麼教他的呢？」前幾天，我接到這樣的電話。這名學童的家人或許會認為都小學四年級了，這幾年學校到底教了些什麼呢？

當然，學校裡也經常提醒學生，上學和放學途中，如果有可疑人士搭訕，就要馬上大聲呼救，或是吹起繫在書包上的口哨逃走，絕對不要坐上陌生人的車；跑進附近的商家求援；儘可能在人多的路上走動……如果有什麼事，馬上向大人報告。

其中，有些家長也很盡力。最近，有個安全網站會將不良分子的訊息傳送到我們手機的信箱裡，我相信也有不少家長已經在那網站登錄了。

說到這裡，前幾天，我班上有一位女學生向我報告：「老師，今天上學的路上，有個怪叔叔站在斑馬線旁，一直鬼鬼祟祟地看著我們。」我趕緊過去一看，原來是另一年級的老師在負責站崗。當時我們四個人如果也有這孩子的警覺，或許悲劇就不會發生了。

但是，當時沒有任何大人告訴孩子們要提高警覺，我們四個也在其中，更別提地點在學校，而且男子穿著標準的工作服，把藉口說得有條有理。

英未理離開後，我們完成了傳球百次的目標，坐在體育館前的階梯上聊了很久，可是英未理一直沒有回來。後來太陽下山，傍晚六點的音樂聲——在我們這裡是〈七個孩子〉，在我故鄉是〈綠袖子〉——開始響起。

因為時間實在太久了，我們有點擔心，便一起去游泳池查看。我們小學的游泳池位置跟本校的非常相似，但是由於整個夏季門口開放，所以我們從那裡進入，穿過游泳池，到後面的更衣室去。四下悄然無聲，只聽得見遠方的蟬聲。

更衣室沒有上鎖，走在最前頭的我拉開了女更衣室門，但那裡面既沒有英未理，也沒看到男人。英未理會不會自己偷偷回家了呢？我心裡有點不高興，但為了再次確認，於是也打開男更衣室的門。開門的是晶子，當她反手拉開門時，一幕恐怖的景象躍入我們眼中。

英未理躺在地上。她的頭朝向門口，所以我們很清楚地看見她睜著眼睛，口、鼻都流出液體的臉。我們一次又一次呼喊她的名字，但是，她沒有任何反應。

我心裡想，她死了，出大事了。接下來，大概是一種反射動作吧，我立刻開始對大家分配任務。

腳程最快的晶子和由佳分別去英未理家和派出所報告，一向最乖巧的紗英留在現場守候，我說我去找老師。其他同學沒有異議，於是我們三人留下看守的同伴，一起跑出去。

各位不覺得我們的行為很勇敢嗎？只不過十歲的孩子，發現了朋友的屍體，竟然不哭也不叫，各自去做自己該做的任務。

我想，除了我以外，其他三個人真的很勇敢。

往英未理家和派出所去的兩個人，由於從後門走比較快，所以她們一離開游泳池就穿過操場，由體育館後面的門跑了，只有我一個人往校舍跑去。校舍有兩棟，呈縱向平行，面對操場的是二號樓，面對正門的是一號樓，教職員辦公室就在一號樓的一樓。

一般人經常誤解，以為暑假時老師也放假，其實並非如此。教職員在學生放暑假期間，還是按照上午八點到下午五點的時間來學校上班，只不過也像一般公司一樣，有休假和盂蘭盆節例假。

所以即使是暑假期間，如果那一天是正常上班日，辦公室裡還是有人在的。但我剛才也提到命案發生在八月十四日，盂蘭盆節三連休的第二天，教職員都休假去了。即使如此，如果是上午，或許還是會有人到學校來辦事，然而那時已過傍晚六點了。

我跑到一號樓之後發現，包括穿堂在內的五個通往校舍的出入口都上了鎖，於是我直接跑向兩棟校舍間的中庭，繞到教職員辦公室窗外，半蹲著從白色窗簾露出的縫往裡瞧，可是一個人影也沒有。

那時，我突然害怕起來，現在學校裡該不會只有我和殺死英未理的兇手兩個人吧？……那男人會不會躲在附近，接下來就要把我殺了？……等回過神時，我已經一個箭步往外衝去。我穿過中庭，跑出正門，頭也不回地一路跑回家，到了家門口也沒敢停下來，在玄關脫了鞋，衝進自己房間，關起房門、拉上窗簾，包在棉被裡發抖。好可怕、好可怕……我的腦中只有這三個字。

過了不久，母親衝進我房間，說了聲：「找到了！」便把棉被拉開，問我發生什麼事。我回家的時候，母親正好出去買東西，在路上聽說學校發生事情了，她一慌連忙跑到學校去，混亂中，她到處找我卻找不到，想說先回家告訴父親一聲，到了門口發現我丟在地上的鞋，所以才跑進房間。

我一邊哭，一邊說英未理在游泳池的更衣室裡，死了。母親聽了，拉高嗓門劈頭就是一頓罵：「為什麼發生了這麼大的事，回家以後沒有馬上說，還躲起來?!」我正要開口講「太可怕了，我不敢說」時，霎時想起：其他同學怎麼樣了？

連最堅強的我都嚇得逃出來，大家一定也是一樣吧！我心想。但是，母親是從晶子的媽媽那裡聽到這件事的。

晶子頭部受傷，被哥哥帶回家後，告訴她媽媽：「英未理在游泳池那裡出事了。」她媽媽去學校查看狀況時，遇到了我母親，所以兩人一同走去學校。她還說，在半路上看到紗英讓她母親揹著回家。

由佳也在，她和英未理的母親還有警察一起在游泳池邊，一向不起眼的她，有條不紊地說明發現當時的狀況。

妳到底在做什麼呀？這種時候妳最該挺身而出的，結果卻躲在這種地方，臉都給妳丟光了！

丟臉、丟臉……媽媽一面罵，一邊打我的頭和背。我大哭起來，嘴裡不斷念著：「對不起、對不起。」雖然我不知道自己是在對什麼或對誰道歉。

各位都明白了吧？逃走的人只有我，其他三個人都確實完成了自己的使命。向英未理母親告知她女兒的死一定很可怕吧！面對平常就不太敢跟他講話的兇警察說明事情始末一定也很可怕吧！看守屍體一定更可怕。

我沒有勇氣。不只如此，遭遇過這件事之後，我還失去了一件寶貴的東西。

我失去的，是我的存在價值。

英未理遇害事件的到案說明，有時候是單獨偵訊，但大多時候都是在老師和父母的陪同下，四人一起說明。兇手從哪個方向來？怎麼開口的？服裝、體型、長相，跟哪個藝人相似？……

我拚命回想事件當天的情形。自己率先回答問題，希望能彌補自己逃跑的歉疚。母親在場的時候，她也會說：「妳代表大家發言。」然後暗地裡敲我的背。

可是，有一件事令我很驚訝，因為在我後面回答問題的同伴，全都否定我說的話。

「叔叔穿著灰色工作服。」

「不對，不太像灰色，比較接近綠色。」

「他的眼睛細長。」

「有嗎？我不記得有那麼細。」

「他的臉看起來很親切。」

「騙人！怎麼可能親切嘛！是因為他說要買冰淇淋給我們，所以才覺得他親切吧！」

大概就像這樣，即使英未理掌握主導權後，其他三個人也從來沒有反抗過我的意見。然而這時，她們卻露出不可置信的表情否定我的說法，而且為了否定我的意見，三個人異口同聲地說：「不記得長相了。」既然記不得，為何否定我說的話呢？

我想，她們一定是知道我逃回家的事吧！雖然沒有一個人指著我的鼻子罵我，但她們心裡一定很生氣，於是故意蔑視我。

平常一副自以為了不起的樣子，結果妳才是最膽小的人，事到如今還想多嘴什麼？

然而，如果只是那樣，就算我感到歉疚，也還不至於受到罪惡感的苛責，畢竟我去了教職員辦公室。在這起事件中，我最大的罪狀並不是逃走。

我犯了更大的罪，這麼多年來，這是我第一次告白。

我記得那個兇手的臉，卻說：「我不記得了。」

從那個男人叫我們到發現屍體的過程，大家明明記得那麼清楚，但被問到最關鍵的兇手相貌時，大家卻都搖頭說：「不知道。」我看著她們三人，心裡充滿了疑惑，怎麼可能只有長相忘了呢？我生氣地想，如果真忘了，那何必否定正確回答的我呢？事實上，我的確想這麼說。由於四個孩子中，我上課最用功，所以心裡不禁嘲笑她們：這三個人腦筋真壞。

可是，我卻比這三個人還要膽小……想到這裡，我腦中突然閃過一個念頭：除了我之外的三個人都獨自完成了自己的任務，她們應該比四個人一起發現屍體時更害怕，是不是恐懼感令她們想不起兇手的臉呢？

我之所以記得，是因為後來什麼也沒做。

警察問我們，發現屍體之後，四個人分別做了什麼事時，我回答因為辦公室裡沒人，所以我跑回家去，想叫大人來。學校到我家之間還有好幾戶人家，而且以前讓我們參觀法蘭西娃娃的人家也在其中。我略過他們回到家，儘管父親和親戚都在家，我卻誰也沒說。

如果我立刻向長輩報告，能不能蒐集到更多目擊到嫌犯的資訊呢？我是最近才想到這點的。

當時的我只覺得我不該記得兇手的臉。如果只有我正確回答的話，警察和老師就會發現我什麼事也沒做，進而責備我。

不過，我並不後悔自己說「什麼也不記得」，甚至覺得還好我當初那麼回答。過了一段時間後，我更深深地體會到這點。

因為沒有抓到兇手。如果我硬是堅持只有自己記得，讓兇手知道的話，一定會再以我為目標的，所以我覺得「不記得」這句話救了我。

可能在年齡上，這段時期的交友正從住家遠近轉移到有共同志趣、想法的朋友，也可能是不想再回想那件事，所以案發之後，我們四人便很少再一起行動。

上五年級之後，我加入了排球隊；六年級，我參加班聯會副會長選舉，而且當選了。由於會長由男生擔任，所以母親才要我去選副會長。我交了新朋友，在新的領域發展，費盡心力洗刷污名。即使上了中學，我也搶先接下幹部工作，也積極擔任志工幫助鎮上。

所以，大家又開始說我「很能幹」了。

我沒發現這些全是為了逃避。遙遙看著紗英永遠退縮畏怯，晶子一再曠課、輟學，由佳夜不返家、偷竊而走上歪路，我暗自認為自己是命案發生後最努力的人。我一直覺得自己已經充分完成了那次事件中的任務，直到那一天。

命案發生的三年後，英未理的父母決定回東京。英未理的母親曾說，案子一天不破，她就不想離開小鎮，但英未理的父親為了工作上方便，還是不得不搬。母親為英未理的死萬分悲痛，甚至悒鬱成疾，在床上躺了一段時間。她對破案的期盼比任何人都殷切，然而她並不是那種強悍到一個人留下來找出兇手的人。

國一的夏天，這位窈窕、修長、高貴、如女明星般美麗的伯母，把我們四人叫出來，她說在離開鎮上之前，她想再聽一次命案當天的經過。因為這是最後一次，我沒辦法拒絕。

英未理父親的司機開著大車到每一家來接我們，四人一起前往英未理的家——那個我們只拜訪過一次的，足立製造廠的公司宿舍大樓。自從那件事發生後，這是我們四人第一次一起行動，但在路上沒有人開口提那件事，只聊些「社團怎麼樣？」「期末考考得好嗎？」等無關緊要的話。

屋裡只有英未理母親一個人。

天氣晴和的星期六午後，置身俯瞰全鎮、有如高級飯店的房間，身旁還有從東京運來、擺了多種不知名水果的蛋糕和好喝的紅茶。如果英未理也在的話，一定會是個優雅的惜別會；但是，英未理被殺了。一反晴朗的天氣，房裡瀰漫著停滯低沉的空氣。

吃完蛋糕，她要我們說那起事件，於是四人以我為主述，把當時的情形再說了一遍，但英未理的母親突然歇斯底里起來。

「那些話我聽夠了！妳們就像白痴一樣，只會說著『不記得』、『不記得』。妳們都是笨蛋，才會三年過了還抓不到兇手！就是因為跟妳們這些白痴一起玩，英未理才會被殺。都是妳們害的，妳們才是殺人兇手！」

殺人兇手！——這句話讓天地瞬時變色，自從那件事以後，我懷著痛苦的創傷發奮努力，然而不但沒有回報，還被說得彷彿是我們害死了英未理。她繼續說：

「我永遠不會饒恕妳們。在追捕時效期滿前，妳們去找出兇手來！如果做不到，就得補償到我滿意為止！要是這兩件都做不到，我會報復妳們。我的財力、權力，都比妳們父母多幾千倍，我一定要讓妳們嘗到比英未理更悲慘的下場，因為只有身為英未理母親的我有這個權利。」

英未理的母親比那個兇手還讓我害怕。

對不起，我記得兇手的臉。

如果那時候我說出這句話，現在就不用在各位面前說這麼多了。然而慚愧的是，那時候我真的忘了兇手的長相了。他的臉原本就沒有很明顯的特徵，再加上我一直催眠自己不記得；要忘記他，三年夠久了。

第二天，英未理的母親離開小鎮，留下了她和四個孩子的約定。其他同伴怎麼想我不知道，但我竭盡所能地思考如何不被報復的方法。

抓到兇手，看起來是不可能，所以我選擇了後者，補償英未理的母親，直到她滿意為止。

現在各位可以了解，我這個膽小鬼為什麼飛身撲向持刀的歹徒吧！只因為過去我有過經驗罷了。

然而田邊老師沒有，差別只在這裡。但是就因為這一點點差別，我被當成了英雄，而田邊老師卻遭到責難。

那我請問各位，這宗事件的發生是田邊老師的錯嗎？

歹徒是攀過橘子園邊的鐵絲網進來學校的。各位一再把安全措施掛在嘴上，但是哪個學校不是像監獄一樣，用高牆隔離起來呢？我們國家更是有錢到每所公立學校都設置了無死角的監視攝影機，不是嗎？然而相反地，治安已經惡化到非用這種設備不可的地步，在座的各位，有幾位在事前察覺到這點呢？

我認為，以生病為藉口、偷懶不加入輪班安全巡察的家長，沒有權利指責田邊老師。然而，各位卻把平常的不滿一古腦地發洩在田邊老師身上。我接過打到學校的抗議電話，也因為跟田邊老師同樣住在單身宿舍，看到他家門口貼滿了中傷的傳單，各種不堪入目的文字，連我都看不下去，試問各位好意思讓你家小孩看到嗎？我還聽見半夜他的電話或手機響個不停，逼得他只好把電話砸向牆壁的聲音，甚至連停在停車場裡車子的擋風玻璃都被打破了。

各位應該也已經知道，因為種種原因，田邊老師的精神狀態已經差到無法站在各位面前。

田邊老師究竟犯了什麼錯？如果各位家長因孩子恐懼而生氣，為什麼不指責那個歹徒呢？只因為那個男人三十五歲、無業，而且是精神科的病號嗎？還是因為他是本區最有權力的某議員之子呢？

最有可能的原因，該不是指責田邊老師比較容易吧？

雖然我只是他的同事，但連我都同情他的遭遇。如果是他的女友，已經論及婚嫁的伴侶，該會是什麼心情，各位可以想像一下嗎？

如各位所知，田邊老師畢業於國立大學，身材修長、外表英俊，還是個萬能的運動選手，深獲孩子們和家長們的喜愛。家庭訪問的時候，甚至有學童母親不避諱地表示「如果是田邊老師來多好」。當然，在女同事之間，他的受歡迎程度也不相上下，每次參加教師研習會，還有其他學校的女老師問田邊老師有沒有女朋友。

可能有人會說：「妳這麼維護他，自己也喜歡他吧？」然而，我跟他不來電。當我剛到本校任職時，田邊老師對我說：「有任何事都可以找我幫忙，跟我商量。」在我的人生中，除了他之外，沒有人對我說過這句話。但是，我不知道該怎麼找人幫忙，雖然說不會的事可以找人幫，但我沒有不會的事。

於是，跟他工作上接觸一陣子之後，我發現他可能有點難搞，因為田邊老師跟我太像了，而且我討厭自己。

我認為一個人學習、運動上的優秀，未必與他的器量成比例，也跟他身材的高矮胖瘦沒有關係。然而，如果身材高大又有某種程度的敏捷性，周圍的人就會認為他很靠得住。

想必田邊老師從小時候開始，也常常聽大人誇他「很靠得住」吧！由於他是男生，或許聽到的次數比我還多。

而且田邊老師也認為自己很能幹，因而每當自己班上出了問題，明明可以跟同年級的老師商量的，他卻努力自己承擔下來。不只如此，他還插手管其他班的事，提供個人建議。

我也有相同的毛病，所以我猜田邊老師一定也覺得我有點難搞。

田邊老師選擇的交往對象，是位個子嬌小、像洋娃娃一樣俏麗的女生。這個女生其實是個電腦高手，會不時半開玩笑地說要送個病毒給警察，只是一旦田邊老師經過，卻又問他印表機怎麼用。只幫她印了幾張講義，她卻會在休假時帶著自己做的甜點來拜訪田邊老師。看到田邊老師高興地請她進屋，我才發現，原來仰賴別人是這麼單純的事。

我對她完全沒有醋意，看到她，反而讓我想起事件發生時也在現場的另一位朋友。我對她也有點頭疼，她就是保健室的奧井老師。

闖口掉下游泳池之後，我打內線電話到教職員辦公室，報告：「歹徒侵入游泳池，有人受傷，請叫救護車來。」但第一個來支援的不是強壯的男老師，而是長得像娃娃一樣的奧井老師。我想她可能只聽見「有人受傷」這句話，而忽略掉歹徒的部分，還是因為強壯的男老師們需要時間準備武器，以便對付歹徒？

田邊老師服了大量安眠藥被送進醫院的隔天，奧井老師打電話到雜誌社，質疑我的行為可能過當，於是就在當天，該週刊的網站上刊出了這段新聞。

各位，別說你們沒看過。

女老師為了保護學生，英勇撲向歹徒，雖然因而被視為英雄，但是否有必要奪走該名男子的性命呢？儘管全體學童們已經撤離到安全處所，但女老師還是沒有放過該名男子，每當大腿已受重傷的他從游泳池中抬起頭時，女老師便像踢足球般踢中他的臉，讓該名男子再次沉入池底，直到該名男子再也沒有浮出水面為止。那名被男子衝撞，因疼痛而無法浮出水面的男老師，在化為血海的游泳池中宛如置身地獄。男老師之所以無力再回到講台教書，究竟是誰的責任？

原本被奉為英雄的我，一夕之間卻成了殺人犯。

愛的力量可以影響世人的輿論，真不可等閒視之。

從各位的角度來說，有了新的指責對象一定見獵心喜吧！明明是各位把田邊老師逼得走投無路，現在卻反過來可憐他，彷彿我才是害他的人。孩子不愛說話、孩子注意力不集中等，大家把孩子出事之前的問題全都歸咎到我身上，這樣就能排解平常累積的壓力嗎？還有人叫我賠償沾了血的毛巾，我真的連話都懶得說了。

把這種殺人老師開除！在大家面前下跪道歉！扛下責任！

——由於這些呼聲，所以才召開今天的家長大會臨時會議，我自己走上講台來面對各位。然而，難道是因為學童沒有被殺死，我才必須接受這種指責嗎？

各位覺得我會無緣無故踢死一個生了病到處閒晃的弱男子嗎？

早知如此，我應該等四、五個學生被殺死再出手搭救嗎？還是該像膽小的同事那樣假裝被撞到池裡，默不作聲地看著孩子被傷害？

又或是，我應該跟那歹徒一起死了，各位才會稱心如意呢？

——早知道我就不救你們的孩子了。

事件發生時，那男人是不小心刺中了自己，掉進游泳池裡的，連正當防衛都稱不上。然而倒楣的是，那男人的父親是個有權力的人，所以可能不久後就要對我發出逮捕令了。

如果我運氣好，遇到一位善良的刑警，可能會聽我把話說完。若是如此，我只想說明一件事。

週刊網站上寫到「每當他抬起頭時」，但正確地說，我只踢中他的臉一次。所以等這案子上了法庭，他們應該會問我「那一踢」是否含有殺意。然而當我想到，在陪審團制度下，各位之中有人將成為陪審員之一，我不禁感到背脊發涼。

我的話到此為止，不想再說服大家什麼是真相，因為沒有意義。接下來我要說的話，就請你們當作只對其中一位來賓說好了。

再次感謝您不遠千里來到這裡。

麻子女士。

我認為妳所說的「補償」，是不令被殺的英未理蒙羞，成為一個頂天立地的人。我知道自己並不出色，為了補償，我在國中、高中都出任學生會長，也在排球隊扛下隊長一職，並且發奮讀書，考上大學。

我想住在接近海的地方，所以來投考這地方的大學。我覺得這個遙望太平洋的海邊小鎮充滿了那個貧瘠山城所沒有的開闊感，雖然這是我的誤解，但我沒想過再回到那個鎮。

大學畢業後，我選擇了小學老師這個職業。

坦白說，我並不喜歡小孩。但是，我認為從事自己喜愛的職業並不能補償，我必須回到自己犯錯的地方，竭盡心力地付出才行。

雖然工作才兩年多，但每天早上我比誰都早到，我傾聽孩子們無意義的廢話，耐心應對家長用來殺時間的抱怨；每天就算工作得再晚，我也把行政工作做完才回家。

真的，我受夠了。我好想大哭一場，好想逃走。我並不是沒有談心的朋友，但每次打電話、發簡訊向學生時代排球隊的朋友抒發工作上的牢騷，她們都會說同樣的話：

「真紀，發牢騷不像妳會做的事。加油吧！」

什麼叫做「我會做的事」？我根本不像表面看起來那麼堅強啊！只有一起遭遇那命案的三個人了解真實的我，這麼一想，我便油然想念起她們三個了。

雖然我與她們三人沒有直接聯絡，但透過留在故鄉念專校的妹妹，偶爾也能聽到她們的消息。

紗英好像結了婚到國外去了，對象是個超級菁英。晶子似乎依然當個繭居族，但不久前，她帶著姪女出來買東西，看上去很開心。由佳也回到家鄉了，聽說快生寶寶的樣子。

上個月初，聽到這樣的消息，我突然覺得為了補償而痛苦不堪的自己實在像個大笨蛋。她們三個可能老早把那起命案和跟英末理母親的約定都忘得一乾二淨了吧！

冷靜地想一想，就算我們沒有遵守約定，英末理的母親也不可能真的報復我們。她的話只是要我們有所覺悟罷了。

我突然覺得，只有我一個人還陷在命案的陰影中，只有我一個人還傻乎乎地在補償。努力成了傻事一樁，工作也稍微偷懶了。我漸漸覺得，就算有家長沒繳午餐費，就算不想勉強自己去家庭訪問，反正又不會從薪水裡扣錢，睜隻眼閉隻眼就算了。學生裝病或用其他理由一大早打電話來說肚子疼，我也懶得詢問詳情，就讓他們休息算了。那些不知是白痴還是笨蛋的孩子為了一點芝麻小事吵架，就讓他們吵到心滿意足算了。

一旦有了這種想法，心情就輕鬆多了。不知道為什麼，孩子對我的接受度卻變好了，或許我自己鑽牛角尖，也讓孩子感到窒息吧！

正好這個時候，從電視新聞裡聽到她們三人中紗英的名字，報導說，新婚燕爾的她錯手殺死了性癖好異常的丈夫。沒多久，從老家那裡轉來一封英未理母親的信。她母親的訊息並不重要，重點是信封裡還放著一封影印的信紙，那是紗英寫給英未理母親的信。

我第一次明白，紗英是抱著什麼樣的心情度過了這十五年。由於我隨口的一個指示叫她看守屍體，使她一直活在我從來都無法想像的恐懼中。我不禁想到，如果當時我從中庭跑回游泳池的話——

紗英依照約定，完成了她的補償。她最喜歡法蘭西娃娃，自己也像法蘭西娃娃一般可愛，是四個人中的乖乖女，但她卻比我堅強好幾倍。

經過了十五年，最膽小的或許依然是我。

就在我收到信之後，歹徒闖進了學校來。天氣晴朗的夏日，小學的游泳池畔，在我眼前遭到襲擊的正是四年級的小朋友。一切的條件是那麼吻合，幾乎讓我懷疑這是不是英未理母親搞的鬼，她是不是躲在某處偷看？

於是我想，如果再讓這次機會溜走，就算時效到期，我也永遠走不出這件事的陰影。我沒有半點猶豫，寧可被那人刺一刀，也比畏畏縮縮過一輩子強。

抱著這個念頭時，我已經朝闗口衝了過去。

當小學老師就是為了這一天；忍耐排球隊嚴苛的訓練也是為了這一天；想討回失去的東西，只有現在。我一面想著，一面撲向關口的腳踝。

該把關口撲倒？還是把他殺了？那一刻我完全沒有考慮這些。只要有我在，就不能讓孩子被殺；我一定要保護他們；這一次，我一定要堅強——就這麼簡單。

奧井老師的證詞，我還有一點要修正。她說，儘管全體學童們已經撤離到安全處所，但是當歹徒從游泳池爬上來的時候，池畔還有一個學生，那就是受了傷的池田同學，陪在池田身邊的是長得像娃娃的奧井老師。我不覺得奧井老師能保護得了池田，而且我也不想讓她保護，因為我自己才是最值得信賴的人。

啊！現在我終於明白田邊老師的心情了。他吃下安眠藥，或許的確是我的錯。

池田同學哭著說：「好痛、好痛。」壓住傷口的毛巾都染成了紅色。驀然間，我想到英未理被襲擊時有出聲呼喊嗎？自從命案發生後，我只想到自己的怯懦，為了算計自己感受的恐怖，也想像過其他三人的恐懼，但卻從來沒有想過英未理。

最害怕、最恐懼的，應該是英未理才對，她可能叫了無數次救命，然而我們卻連去關心一下都沒有。英未理，對不起——我第一次這樣想。

同時，我再也不允許變態的成年人欺負比自己弱小許多的孩子，被一個混帳大人毀掉未來的小孩，有我們四個就夠了。

歹徒已在用沒受傷的腳攀上游泳池了。這種大人不可以存在，我朝關口筆直地走過去。

關口浸濕的臉跟十五年前那個男人的臉交疊在一起，就在我發狠將他踢落的剎那，我覺得終於補償了，我也完成了約定。

但是我必須做的，並不是這件事。膽小鬼必須拿出勇氣坦白一切，才能真正地補償。當我踢中關口的臉時，十五年前那個男人的臉再度清晰地回到我眼前。

丹鳳眼、五官分明的臉，不就是這幾年世人眼中的型男嗎？警察問我們「有沒有想到什麼長相相似的藝人」時，我一時想不起來，但現在可以舉出好幾個人了。週四晚上八點檔連續劇的第二男主角、爵士鋼琴的什麼王子、說書家的……他們全都是年輕人。

紗英信上說得沒錯，他應該還沒有到我們叫叔叔的年紀。

從當時起過了十五年，考慮到這一點，可能最像的不是藝人，而是一位辦自由學校❷的南條弘章先生。去年夏天，他們學校還發生縱火事件。當然，我想南條先生並不是兇手。

其實還有更像的人，不過在這裡說出他的名字太失禮，而且他已不在人世了，所以還是作罷。

我誠摯地盼望這可以成為一個小小線索，有一天能抓到兇手。

但是，妳能夠就此放過我們嗎？

失去了寶貝的獨生女，的確值得同情。不論是十五年前還是現在，妳才是最期盼抓到兇手的人。但是，把失去女兒的悲痛、未抓到兇手的不滿和束手無策的焦慮，全都轉嫁給一起玩耍的孩子，難道沒有錯嗎？

我不得不認為，我和紗英陷在命案的陰影裡，不是那個男人害的，而是妳。麻子女士，妳覺得呢？要不然，妳何必千里迢迢跑到這麼遠的地方來驗收那個孩子的補償？還有兩個人。我希望錯誤的連鎖補償不會再發生，但我也無能為力。

無能為力——真是個好詞。

我的說明到此全部結束，不接受發問，請多包涵……

❷free school，一種正規教育體系外的學習機構，類似台灣的森林小學。在日本通常收容因故無法適應一般學校的學生，自由學校裡沒有固定課表和座位，讓學生可以自由選擇，是強調個體發展的開放式教育。

熊哥熊妹。

我最愛哥哥了。

不論是單槓倒立、雙迴旋跳繩還是腳踏車，都是哥哥教我的。我的運動神經並不差，但需要時間慢慢領悟，哥哥從來沒發過脾氣，即使太陽下山，他還是不厭其煩地一直教到我會為止。

加油，再加把勁，就差一點了，小晶絕對沒問題的——他總是這麼說。

即使是現在，當我傻傻地望著夕陽時，耳邊還是會聽到哥哥「加油！加油！」的聲音。回想起來，那天，來接我的也是哥哥。

妳問哪一天？當然是英未理被殺的那天呀！

妳是心理諮商師對吧？是妳說想聽聽那件事當天的情形，我才說的呀！但是該從哪裡開始說起呢？其他三個人都比我能幹，腦筋又好，所以大家在一起的部分，妳問她們三個比較容易了解。妳還要聽下去嗎？

好吧！那我就說自己的部分，還有我和英未理之間的事。

不過還是很怪耶！過了這麼久才來問這件事……哦，我知道了。

因為時效快到了吧？

那一天，一大早我就雀躍難平，因為我穿了一件新衣服，是前一天從外地回來的洋子姑姑送的。

姑姑在大城市的百貨公司上班，每次回來老家，她都會幫我們兄妹買衣服。以前買的都是跟哥哥同款式的運動T恤，全是男生的樣式，但是那一年不一樣，姑姑說，晶子已經四年級了，也該給她打扮打扮，才有個女孩樣。所以，她買了有蝴蝶結和荷葉邊的粉紅色襯衫給我。

輕飄飄、閃亮亮的，就像千金小姐穿的款式。我也能穿這種衣服嗎？我暈陶陶地把衣服在身體前比了又比，一旁的爸媽和親戚們全都笑彎了腰。

爸爸說：「那種衣服，晶子哪配得上哪？」因為是自己姊姊買的，爸爸才敢大肆批評這件平時不會穿的高價位衣服吧！想必大家也都這麼想，因為雖然哥哥說：「很可愛呀！」但連買來給我的姑姑看了都苦笑著說：「哎呀！」

小學時候的我，雖然沒像現在這麼胖，但也是強壯結實型的。我身上穿的都是大我兩歲的哥哥淘汰的舊衣服，頭髮也剪得很短，被當作男生是常有的事，班上的男生還曾經笑我是「女子漢」，但我早就習慣了，因為從我懂事開始就是這樣啦！

而且，至少他們還把我當人看。像我爸媽和親戚常常衝著我和哥哥說：「你們倆是熊哥、熊妹。」不瞞妳說，每到情人節或生日，我哥常收到小熊維尼的禮物，那些女生都說因為長得像嘛！我哥雖然不見得是萬人迷，但是他的人緣的確比外表想像的好。

男人真占便宜，就算長得一副熊樣，只要運動拿手就會受歡迎，而且體格健壯絕不會成為缺點。

「晶子如果也是男孩子就好了。」我媽經常這麼說。但是，她不是考慮到我受不受歡迎，只是單純因為得特地幫我買女用體操服和泳裝，覺得很浪費罷了。

這麼一想，那時候，我也跟英未理說過這件事耶！

那天早上，我先和親戚去廟裡拜拜，吃過午飯後，就在外面晃蕩，看看會不會遇到空閒的朋友。沒一會兒工夫，幾個死黨就湊在一起了，她們是住在西區的紗英、真紀和由佳，跟我同年級。我們四個站在香菸攤前聊了一陣子，就看到英未理從坡頂走下來，她說她從家裡的窗口看見我們。英未理的家蓋在我們鎮上最高的地方。

真紀提議到小學校園裡玩排球，英未理回家拿球，我也跟著一起去，這還不是因為真紀說：「晶子，妳跟英未理去好嗎？因為妳跑得快。」

不過，我才不是因為她一句話就真的跑去。說我跑得快什麼的，只是真紀為了自己方便才找的藉口啦！雖然我心裡明白，但惹她生氣更麻煩，而且有些事還得靠她，所以只好乖乖聽從她的命令，我想其他兩個人應該也差不多。

我跟英未理一起步上緩坡，往那個城堡般的公寓走去。英未理四月才轉學過來，雖然我們常玩在一起，但兩人獨處還是第一次。我本來就不是個會說話的人，也不知道該說什麼才好，悶著頭走了一會兒，英末理開口了：

「妳的衣服好可愛哦！是『粉紅屋』的吧？我也喜歡他們家的衣服。」

她說的是那件襯衫。本想我只是為了去廟裡穿的，就算大家笑我也無所謂，沒想到這衣服好像很適合我。爸爸開我玩笑說：「晶子看起來像個女孩家了哦！」媽媽也欽佩地說：「在百貨公司上班的人，眼光果然不一樣。」我開心極了。

從廟裡回來後，儘管媽媽說：「這件衣服上街的時候才穿，去玩的話把它換下來再出去。」我還是一直穿在身上，想在死黨面前炫耀一下。

但是，她們一句話也沒提。我哥常常教我他自己想出來的鄉下人鐵則，其中有句話說：「鄉下人會羨慕伸手搆得著的東西，但搆不著的東西就假裝沒看見。」她們可能也在無意識中奉行這項原則吧……但我更覺得，她們只不過對我穿的衣服沒有興趣，所以才完全不提的。

可是，英末理卻願意說出來。我心想，東京來的時髦女生果然不一樣呢！不過，難得受到她的讚美，我卻不知道「粉紅屋」這個品牌，雖然問問題很丟臉，但我還是很想知道這牌子是什麼。英末理告訴我，就是像《清秀佳人》或《小婦人》裡面穿的那種加了很多荷葉邊、蝴蝶結和胸花的蓬蓬裙啊！那個牌子賣很多這種女生夢想的可愛衣服哦！

那家店裡一定掛滿了各種可愛服裝吧？真想去看看。如果衣櫃裡全是「粉紅屋」的衣服，該有多棒啊！我光是想像就興奮得心裡怦怦跳。其實我也喜歡這種女孩子氣的東西，只是我誰也沒說。

誰教我是熊妹嘛！

當時，女生圈子流行法蘭西娃娃，大家會把自己想像的娃娃畫出來。我畫了有心形黃金頭飾，鑲了粉紅玫瑰和白玫瑰、宛如花田一般的禮服、玻璃鞋……當我畫得正投入，卻聽到大家驚訝地說：「好厲害哦！沒想到晶子也會畫這麼可愛的衣服。」說起來，這些同學真沒禮貌。

不過，我跟「可愛」本來就扯不上邊。大熊和可愛的東西不搭調，所以我偷偷在心裡喜歡就好，這樣我就滿足了。

英未理光是讚美衣服就已經令我心滿意足，不過她還說：「晶子好好哦！可以穿這種可愛的衣服。我也很想穿，但媽媽說我穿不好看，所以不買給我。」

話裡並沒有嘲諷的意思。

可愛的衣服適合我穿，卻不適合英未理？絕對沒有這種事，只不過身材苗條、腿又修長的英未理，雖然也適合穿可愛的蓬蓬裙，但更適合亮麗、帥氣的造型。像那天她身上穿著繡有粉紅芭比商標的黑色緊身T恤，配上紅格印花裙，就好看極了。

後來，英未理又再三稱讚我的襯衫。我興奮過了頭，反而困窘起來，於是找了個怪異的藉口，說：「這衣服是我在百貨公司上班的姑姑用員工價買的啦！如果是我媽，才不會買這麼貴的衣服給我呢！每次我撿哥哥的舊衣服穿都忍著沒說什麼，我媽居然還說，晶子如果是男生就好了。」

「啊？我媽也說過同樣的話。她說，英未理如果是男孩子多好。」

「真的假的？伯母怎麼會對英未理說這種話嘛！」

「真的喲！而且不只一次。她一臉遺憾地說了好多次，真受不了。」

英未理嘛著嘴這麼說，但我實在不敢相信。英未理有著細長卻澄澈的雙眼，如果生作男孩確實很帥，然而，就算是個女生也已經夠得上標準美人了。

不過，英未理也聽過同樣的話呢！想到這點，我心裡便喜不自勝，親切感也油然而生。我對可愛事物的嗜好，或許可以說給英未理聽。真想跟她成為更好的朋友。

直到現在，我還是很後悔。

我們兩個說著自己母親的壞話，不知不覺地走到了大樓。通過有管理員的門廳，搭電梯到七樓，東側的最底端就是英未理的家。她說只有4LDK❸，所以很小，但我

❸即四房二廳加廚房。

不懂ＬＤＫ是什麼意思。

英未理按了電鈴，她母親出來開門。如果我那矮胖的媽也叫「母親」的話，那對她母親實在太失禮了。身材高高瘦瘦、烏溜溜的大眼睛，簡直就像個女明星。我走進冷氣開放的玄關，和伯母一起等英未理進房間拿球。

「謝謝妳願意當英未理的朋友。天氣這麼熱，不要玩什麼排球了，來我家玩多好。我們家有好吃的蛋糕哦！等一下叫大家一起來吧！」

儘管伯母優雅又慈祥地招呼，我還是縮著身子，連個微笑都擠不出來，說不定連呼吸都差點停了。英未理家裡全是名貴的物品，我一直擔心自己會不會粗手粗腳地把東西碰壞了。

英未理第一次請我們到她家玩的那天晚上，我也是第一次懂得什麼叫肩膀僵硬，就算只是在玄關也不敢鬆懈，因為鞋櫃上的花瓶讓我想起「凡爾賽宮」這個詞。看到門邊不知是用來當傘架還是裝飾的大型純白陶壺，我腦中又閃過「巴特農神殿」。

然而英未理卻邊拍著球，邊從走廊走出來。

伯母摸摸英未理的頭說：「一定要六點前回來哦！路上小心車子。」

「好啦、好啦！我知道。」英未理粲然一笑說。

我被爸媽摸頭已經是遙遠的記憶了，所以看到這一幕，心裡有點羨慕地想著：伯父、伯母一定很疼英末理吧！

我怎麼會知道這竟是英末理和她媽媽的訣別，當然也想不到幾個小時後，我會再度來到這個讓人渾身不舒服的家。

這都是命案那天發生的事，不過聽起來跟命案沒什麼關係哦？我好像把話題扯遠了。只不過，每當回想命案的經過，我的腦袋就疼得快裂開，所以才儘可能避開最沉重的部分……

接下來我想說的是發現屍體之後的事，可以嗎？

對了，有些話我先說在前頭比較好。那個兇手說不想帶我去，是因為我太重，但我想應該是因為我長得像熊吧！

我猜八九不離十……嗯，再來說說發現屍體之後的事。

「因為妳跑得快。」真紀又用這句老話對我下了指示，所以我到英末理家去。這次我真的用跑的，跟由佳一起跑到體育館後門，出了門後各往相反的方向跑去。

不得了了、不得了了、不得了了……

我腦中淨想著這幾個字，反倒沒什麼害怕的感覺，大概是還體會不到事情的嚴重性吧！如果我再多考慮一點，在到達英未理家門前能整理一下思緒，或許能想出一個最好的方法來告知伯母這個殘酷的事實。像是先回家叫母親跟我一起去，有個大人居中幫忙，說不定我會注意到不用說出「死」這個字。

但是，我只是一心一意地向前跑。

不僅如此，我根本沒發現在香菸攤前跟我哥擦身而過。大樓門廳還有管理員叔叔在，可是我直穿過他眼前，衝進電梯裡。

到了英未理家門口，我腳步還沒停下就按了好幾下門鈴。

「怎麼啦？這麼著急，真是粗魯。」

英未理媽媽邊說邊打開了門，看到我像是鬆了口氣說：「欸，是晶子啊！」我氣喘吁吁，腦子卻突然冒出一個念頭：這件印著花朵的圍裙好可愛啊！馬上又想，都什麼時候了，還在想這個？便趕緊搖搖頭大喊：「英未理死了！英未理死了！英未理死了！」

這真是最差勁的通知方式，妳不覺得嗎？因為太糟糕了，所以伯母似乎當成玩笑。她望著我，輕輕嘆了一口氣，兩手扠在腰上，對著門外說：

「英未理，妳躲在哪裡？不要搞這種惡作劇了，趕快出來，否則不准吃晚飯。」

但是，英未理不可能出來。

「英未理！」

伯母再一次大聲朝門外喊了一聲名字。幾乎所有人都回家鄉去了，沒有人在，一片死寂的大樓中，一點聲音也聽不見。

伯母回頭看我，面無表情。三秒、五秒、十秒……不對，也許只有一瞬間。

「英未理在哪？」伯母聲音沙啞，好像喉嚨底部都乾澀了。

「在學校的游泳池。」我的聲音也啞了。

「怎麼會?!英未理！」

刀割般的聲音刺穿我的腦袋，我的身體往後彈了出去，因為英未理的媽媽用雙手使勁把我推開。我的臉猛地撞到牆，順勢往前趴了下去，只聽見砰的一聲，我的額頭掠過一陣劇痛——巴特農神殿垮了。

可能是臉部受到撞擊的關係，鼻血流出來了。劇痛的額頭、流出的鼻血……我暗想著：頭破了，所以流血了。汩汩的血流到下巴，流過脖子，一直往下滴。我可能要死了，救命……我頭痛得往下一低，發現襯衫胸口全染紅了。

襯衫、襯衫，我的寶貝襯衫……嗚啊啊啊……我眼前一黑，彷彿就要被吸進黑洞裡，就在這時候，耳邊響起一個有力的聲音。

「小晶！」

是我哥。就在我被黑洞吸進去的千鈞一髮之際，他來救我了。

「哥！哥！哥！」

我撲向哥哥大聲嚎哭。

哥哥剛從朋友家回來，因為我媽說堂哥會帶朋友來家裡，所以六點前要回家。但是六點的音樂〈綠袖子〉響了之後，卻看到我往回家的另一個方向跑去。他想去叫我回家，還在附近找了又找，這時，看到英未理的媽媽披頭散髮地從大樓出來，他擔心出了什麼事，所以進來看看。

哥哥向大樓管理員借了濕毛巾和衛生紙，幫我擦掉鼻血。

「我會死嗎？」

我認真地問。哥哥笑著說：

「妳只不過流鼻血，哪會死啊？」

「但是我的頭一直陣陣抽痛。」

「哦，額頭有點擦傷，不過這裡沒有出血，不要緊啦！」

聽哥這麼一說，我才好不容易站起來。哥哥看到倒塌的巴特農神殿，問：「發生什麼事了？」我說：「英未理在游泳池死了。」哥哥大吃一驚，立刻溫柔地拉起我的手說：「我們先回家再說。」

走下坡道時，我猛一抬頭，天空也染成了鮮紅。

受傷嗎？就像妳看到的呀，沒有留下傷痕。

傷口的處理上，我哥幫我消毒，貼了ＯＫ繃。

哥牽著滿臉是血的我回到家，嚇得我媽大聲尖叫，她聽我說了事情原委後，丟下一句：「我去學校看看。」就把我扔在一旁跑了。我那個老媽啊，很容易亂了方寸。事後我聽說，當時我明明就站在她面前，她卻以為我死在學校了。

雖然傷口陣陣抽痛，可是血已經止住了，而且傷得也不深，所以我沒去醫院。

不過，儘管經過了十五年，但現在只要下雨或濕度太高，或是在回想起那件命案時，我的額頭就會刺刺地痛，漸漸地整個頭都會痛如刀割。今天下了雨，再加上談了這麼多當時的事，所以好像又快要拉警報了。

啊！又開始刺刺地痛了。

關於那起命案，就說到這裡好嗎？兇手的臉？拜託妳饒了我吧！

對於兇手的臉，我們四個人說法一致，就是「不記得了」。

不過，別說是臉，就算其他部分，我也記不太清楚。與其說是不記得，其實就像剛才說過，只要去回憶與那命案有關的片段，特別是接觸到核心部分時，我的腦袋就會痛如刀割，真的痛得受不了。有一次我努力把全部的事回想一遍，但是那男人的身影總是朦朧不清，再想下去我的頭就一陣劇痛，精神好像快要錯亂了。只好放棄再想。

妳一定在想，警方偵訊的時候，我怎麼不老實說清楚呢？

我是擔心，如果我說我頭痛的話，當時又貼著ＯＫ繃，那英未理媽媽把我推倒的事就會被警察或其他人知道了，所以不敢說。

雖然被偵訊了好幾次，但每次問的問題都一樣，因此第一次配合其他三個人的說法，第二次以後，就能把別人說過的話當成是自己的話了。真紀偶爾會冒出幾個英文字，聽起來既像gray又像green，所以也不知道工作服到底是灰的還是綠的。但我想應該沒被大家發現吧！

命案之後在英未理家發生的事，我並沒有講出來，再說警察也沒細問。被伯母推倒的事，我連我哥都沒說，怕的是萬一大家責備伯母，那她多可憐啊！聽到女兒死掉的消息，任誰都會心亂如麻吧！受傷是我自己活該，誰教我擋在門口，動作又慢半拍呢？所以別人問我怎麼受傷時，我都說是自己慌張摔倒的。因為才剛剛發現屍體，所以沒有人起疑心。

而且我那一點小傷，哪比得起巴特農神殿倒塌呢？那個損失大過我幾萬倍吧——對了，我今天才想起來，說不定刺痛的原因是巴特農神殿的碎片刺到額頭造成的。真的就是那種痛。可是都這麼久了，應該也拿不出來了吧？話是這麼說，不過就算當時我知道有陶器碎片留在腦袋裡，大概也不會去醫院。

那還用說嗎？哪有熊上醫院的？啊對，有動物醫院哦！可是熊不可能自己進醫院吧？

熊知道怎麼過熊的生活，只有我不知道而已。

什麼樣的人就得過什麼樣的人生。

這是懂事以來，最常聽我爺爺掛在嘴上的話。

絕不能認為人人都是平等的，因為從一出生，每個人的環境就不一樣。窮人不可以裝著有錢的樣子，笨蛋也不能裝得很有學問。窮人要在節儉中求幸福，笨蛋就要努力做笨蛋能做的事。若是奢求自己本分以外的東西，只會招來不幸。人在做天在看，會遭報應的。

平常他都只說到這裡，可是小學三年級的某一天，他又多說了幾句。

所以啊，晶子，長得不好看沒關係啦！別在意就好了。

很驚訝吧？怎麼會說到那裡去呢？爺爺也許是想安慰我才這麼說的，可是妳不覺得這反而很傷人嗎？而且我只是體型比較壯碩，長相並沒有差到哪裡去呀！雖然我不太會念書，可是運動神經很不錯，周圍的朋友也都跟我半斤八兩，我從不覺得這世界有什麼不公平。所以爺爺說的話，我就當「老人家又在念經」，聽過就算了。

可是英未理搬來之後，我終於有點領悟爺爺的話。漂亮又有氣質，聰明、會運動，靈巧、有錢。的確不平等，拿英未理跟自己比，只會覺得悽慘。但是，我們生來的環境條件本來就不一樣，看開了也沒什麼好難過的，英未理是英未理，我是我。其他的孩子對英未理怎麼想，我是不知道，不過我從一開始就把英未理當成另一個世界的人來喜歡。

然而，那天的我不一樣。我穿了英未理羨慕的名牌襯衫，因為英未理被母親說了同樣的話而感到欣喜，還有，我想跟英未理變成好朋友。

我奢求本分以外的東西，所以遭到報應了。

證據就是，那件「粉紅屋」的襯衫即使送去乾洗，還是留下褐色的血漬，沒辦法再穿出去了。好可憐的襯衫啊！原本可以被一個可愛女生好好珍惜的，卻被我這隻不知本分的熊給穿了，第一天就搞髒，再也沒機會被人穿在身上……我對它好歉疚，把它緊緊抱在懷中哭著道歉：對不起、對不起、對不起。

還有，英未理，對不起、對不起、對不起……

都是我超過了熊的分際，妄想跟她成為好朋友，才害她被殺的。

事件之後的生活嗎？奢求本分以外的東西會招來不幸。是我害了英未理被殺，怎麼還能像事情沒發生前那樣去學校、跟朋友玩、吃點心和嬉笑呢？

一走出家門和別人有接觸，我便覺得會給對方帶來霉運。就算沒有接觸，我也會想是否給偶爾照面的人添麻煩。

到了學校，只要自己一動，便擔心會不會撞到誰，害他跌倒、受傷。所以即使是下課時間，除了上廁所之外，我都坐在位子上不敢動。

過了一段時間，每天早上起床時，不是肚子痛就是全身無力，於是三天兩頭便向學校請假。

四年級的第二學期開始，父母和老師們認為我遇到那種打擊，也算情有可原，因此都由著我請假。然而上了五年級後，他們的態度就變了，好像認為「拖這麼久也夠了吧」。縱使這件命案發生在自家鎮上，但經過半年後，不相干的人便覺得那已經是過去的事了。

在我情緒最低落的時候，是哥哥安慰我。

「小晶，或許妳還是害怕出門，但哥哥會保護妳，所以要拿出勇氣來呀！」

於是，雖然要繞路，但是上國中的哥哥每天早上都會先送我到學校，自己再去上學。他又教我要好好鍛鍊身體，就算哪天遇到兇手也不用怕他，所以拿家裡倉庫不用的耕作用具做成舉重用的啞鈴，陪我一起做訓練。

雖然去學校還是有罪惡感，但我很認真、專注地做訓練，畢竟熊本就該身強力壯，而且說不定有一天可以幫英未理報仇。

日子一天天過去，終於，英未理的父母要回東京去了，我們四個當事人要到英未理家，再一次說明命案當天的經過。

除了巴特農神殿不見之外，大門玄關沒有任何改變，但我才跨進一步，額頭便開始刺刺地痛。關於命案始末，幾乎由真紀幫我們說了，所以我還能支撐得住。最後，英未理的媽媽對我們說了這樣的話。

妳們若不能在時效之前找到兇手，或是補償到我滿意為止，我就要報復妳們。

我心想，英未理被殺是我一個人的錯，卻害得其他三個人也被拖下水，實在是對不起呀！然而，我從一開始就知道伯母恨我，就算聽到「報復」兩個字也並不害怕，反而看到伯母忍了這麼久才說，還覺得不可思議。對幾乎想不起命案的我來說，找出兇手難度太高，所以我決定補償。

補償嗎？絕不奢求本分以外的東西。命案發生後我就決定這麼做了，但那天，我再度在心裡發下了重誓。

最後，我沒有升進高中。爸媽一再勸我，就算再怎麼不想讀，至少也念完高中。但就算去考試，我也沒把握能念完三年。

是哥哥說服了爸媽。

高中不是義務教育，而且妳只是不想出門，想念書的話可以用函授教育取得高中畢業資格，到時還是能考大學。我會好好用功，小晶，妳就按自己的步調慢慢來吧！

哥哥對我這麼說。而且他果然實現自己的話，在地區的國立大學畢業後，就通過公務員考試，進鎮公所工作，在福利課是個頗受好評的職員，也是鎮上知名的孝子，我爸媽很欣慰。

哥哥真的是個善良、體貼的好人，所以他的結婚對象也有點問題。

——不要到時候被壞男人騙了，懷了孩子才哭著回家鄉！

對於想到都市求學、求職的女孩子，父母親友就像背書一樣，一定會對她們說這句話。但我哥的老婆春花就像是錯誤範本一樣，把上面那些事都做盡了。

她在東京的印刷公司上班，然而公司小、薪水少，儘管每天過著節儉的生活還是很吃力。為了想要奢侈一點，她開始在酒店兼差當公關，但被一個小流氓纏上，沒結婚就有了身孕，辭了工作、生下小孩，靠著坐檯勉強養活兩個人。誰知道那流氓有了新歡便失蹤了，而且，還背著她欠了地下錢莊一屁股債，那些人威脅說，若下個月付不出來就要把她灌水泥、丟進東京灣。命在旦夕之際，她逃回了故鄉。

這些不知是真是假的謠言，在春花返鄉不到一個月就傳遍了整個鎮，因為連我這個大門不出的人都知道了。

我是趁附近大嬸來家裡跟我媽聊天的時候，坐在一旁聽來的。大嬸反正把這件事當成八卦來閒聊，那副口氣彷彿她親眼看到似的，卻又露出不可置信的表情說：「真看不出來呢！那丫頭……」我也不太相信。

不過，不知道是不是為了還清債款，春花家賣了部分田產和山地是事實，春花帶著小孩回來也是事實。

儘管如此，我還是很難相信。難道一切都是幌子？雖說是個錯誤示範，但這種情節在我們小鎮上簡直是個傳奇故事，不認識她的人都想看看，到底是什麼樣的美女才會有這麼坎坷的遭遇。不過，春花既平庸又文靜，不管從什麼角度來看，她都稱不上是個美人。

因為春花跟哥哥同年級，而且住得離我們家也近，所以我從小時候就認識她。她回來之後，到謠言傳開那段時間我都還沒見過她，心想她可能去了東京之後脫胎換骨了吧！但謠言傳了三個月後，哥哥把她帶到家裡來時，除了與年紀相當的成長外，她還是一點也沒變。

那是去年的盂蘭盆節，八月十四日。

十年前，爺爺和奶奶相繼去世之後，就很少有親戚來我家聚會了。但那天，在國外工作五年的堂哥——就是洋子姑姑的兒子誠司哥——帶著太太一起回來了，所以我跟媽媽準備了壽喜燒和壽司，和爸爸三個人在家等。這時候，一大早就出門的哥哥打電話回來，說既然機會這麼難得，可不可以帶他女朋友一起回來。

我們都不知道哥哥有女朋友了，我跟我媽一時亂了手腳，又是換衣服、又是買蛋糕的。但不久誠司哥一家人來了，我們暫時把哥的事擱在一邊，招待兩位從東京來的貴客。

八年前，堂哥在東京舉行婚禮時，我家只有爸、媽參加，所以我以為這是第一次與他的太太美里見面。

「爺爺、奶奶都不在了，你們還這麼有心……」聽母親這麼一說，誠司哥有點害羞地說：「一方面想回來掃墓，另一方面，這裡也是我們倆共同的回憶……」

因為說起來有點沒分寸，所以到現在都沒提過，堂哥說，若不是那次命案，他們兩人也許不會開始交往，所以兩人都想舊地重遊。

那次命案，指的就是英未理被殺的事件。

當時誠司哥在東京的大學念三年級，跟在另一所女大就讀一年級的美里加入了同一個網球營，雖然之前就對她印象很好，然而勁敵很多，一直很難從「好人學長」當中脫穎而出。可是有一天，在網球同好的聚餐上聊到盂蘭盆節返鄉的話題時，誠司哥自豪地說：「我老家沒什麼優點，但有全日本最乾淨的空氣。」美里聽到後表示很想來看看。美里的父母都是東京人，對別人回老家過節一直很嚮往。趁著酒興，誠司哥大膽地提出邀請，美里也同意了。

可能是我家家傳的性格吧！誠司哥也是個踏實、體貼的人，難得有機會與女孩子獨處，他卻老老實實地計畫好在家吃飯、住一晚後，直接回東京，而且還安排自己住我哥房間，讓美里住我房間，連對戀愛還懵懵懂懂的我都嚇了一跳。

那一天，兩人在六點前抵達鎮上的車站，兩人一起走到我家時剛過六點。把行李放下，稍微休息之後，媽媽說：「好了，大家都到齊了，該準備壽喜鍋了吧！」可是孩子們全都跑得不見人影。「到底瘋到哪兒去了？」據說媽媽正在發牢騷的時候，哥哥正好牽著我回到家。當時，我並沒有注意到兩個客人。

後來，媽媽驚慌失措地跑出門，親戚中有個愛看熱鬧的叔叔也跟著出去，再加上外面警車的警笛大作，別說我家了，整個西區、甚至全鎮都鬧成一片。

當然，我家也沒閒工夫招待客人，據說美里表示沒關係，但洋子姑姑還是安排了鄰鎮的旅館，讓他們兩人先挪到那邊休息。鄰鎮也沒什麼名氣，只不過出了溫泉，所以盂蘭盆節假期也是人擠人，據說只剩下一個房間。

第一次造訪鄉下地方就發生殺人案，美里自然嚇壞了，不過她說誠司哥告訴她：「沒關係，我會保護妳。」美里覺得誠司哥給人安全感，便開始交往了。不過我想，即使沒有發生命案，他們也會走在一起的吧！因為就算空氣再怎麼乾淨，如果沒有好感，女生怎麼可能陪他回親戚家拜訪？當然啦，殺人事件的確讓他們彼此感情增溫啦！

於是十四年後，他們再度來訪。不清楚什麼原因，兩人沒有孩子，不過結婚八年還是甜蜜蜜的，真是教人羨慕死了。

看兩人甜蜜的模樣，母親喜孜孜地說：「今天幸司也要帶女朋友回來哦！」哥哥是母親的得意兒子，兒子帶女人回來，照理說她心情應該忐忑不定，但看到誠司夫妻，她可能也很希望哥哥能早點結婚，得到幸福吧！

誠司哥也說：「是什麼樣的人呀？好期待哦！」就在這時，哥哥回來了，帶了春花，還有若葉。

若葉是春花的女兒，那時候讀小學二年級。

姑且先擺出笑臉把春花和若葉迎進了客廳後，媽媽立刻把我拉進廚房。「那、那、那個，是她吧？」她的意思是向我求證，哥哥帶回來的女人就是傳言中的春花嗎？我也嚇了一大跳，但看到母親在廚房裡慌得團團轉，我內心反而鎮定下來。

「對呀！絕對沒錯，不過他們倆是同班同學，說不定只是朋友交情。而且妳也別那麼慌嘛，多失禮啊！」

我試著安慰媽媽，兩手抱了一堆啤酒和一瓶橘子汁回到客廳。

我覺得爸爸喝啤酒的速度有點太快，不過誠司哥夫婦也在，所以席間氣氛倒也平和。春花坐得很拘謹，好像刻意躲在哥哥偌大的身軀背後。她幾乎沒碰桌上的菜，卻一直留意著幫別人倒酒、遞壽司，整理空盤。

若是我做同樣的事，媽媽一定會說：「不用了啦！」嫌我笨手笨腳的。可是春花做得是那麼自然流暢，如果不特別注意，根本不會發現她的動作。她身上穿的雖然是正式的洋裝，但看起來就像在鄰鎮超市買的廉價衣服，不過，天天咖啡色運動裝的我也沒資格說她啦！

那副姿態簡直令人懷疑，她會不會從來沒離開過家鄉，那些謠傳全是瞎掰的呀？

媽媽剛開始板著臉默默煮著火鍋，但是當她幫若葉打蛋時，若葉滿臉笑容地說：「謝謝。」母親看了臉上才露出笑意，幫她夾了很多肉。爸爸看了也說：「伯伯會用單手打蛋哦！」然後毫無意義地在空碗裡打了個蛋。看到若葉開心，就吩咐我：「去超商買個冰淇淋回來。」

鎮上只有一家超商，三年前在小學附近開的。誠司哥說菸抽完了，所以陪我一起去買冰淇淋。

「幸司有考慮跟那女人結婚嗎？」路上，誠司哥問我。

「我想應該不會吧！」

「是啊！看起來是個好女人，但還是不要的好。」

誠司哥不知道春花的過去，卻說得如此開門見山，實在不可思議。如果只認識現在的她，我應該會很歡迎呢！為什麼呢？我正想問原因，誠司哥卻冷不防大叫了一聲：「好強哦！這停車場是怎麼回事?!足足有店的三倍大耶！」

我不太懂他的意思，這店到底有哪裡強？在都市生活的誠司哥老說些讓人聽不懂的話。我一面這麼想，一邊和誠司哥一起進了超商。

望著店裡鎮民們帶來的熱鬧氣氛，誠司哥感嘆似的說：「這是鎮上最熱門的據點欸！」買了冰淇淋、下酒用的點心、香菸和一本上班族看的週刊後，我們兩人再次走上了來時路。

誠司哥不再提哥哥的事了。回家路上說了什麼呢？……誠司哥抽著菸，沉默地走了一會兒，啊對！他突然問起我那件命案。不過，應該沒什麼重要，因為我不記得額頭發疼。我記得他說……

「小晶，那個殺人案的兇手就是慶典那晚偷走娃娃的變態吧？」我順口答說：「是呀！」

我們家本來就沒有法蘭西娃娃，客廳裡擺的是北海道的木雕黑熊，所以我根本把法蘭西娃娃偷竊事件給忘了。

晚餐平和得超乎想像，哥哥顯得有點意外。第二天吃完早飯後，我喝著咖啡說：「今天我們跟誠司哥夫妻一起到鄰鎮洗溫泉好不好？」然而，哥哥突然丟出一個重大話題。

「爸、媽，我要跟春花結婚。」

不是請示，而是宣布。

「開什麼玩笑?!」大吼的是媽媽。她無意義地站起來又坐下，轉眼間陷入恐慌，開始大聲呻吟。

幹嘛跟那種人結婚？以你的條件，比她好的人多得是呀！在足立製造廠研究室工作、也是你大學學長的山形先生和他家千金，音樂大學畢業當鋼琴老師的川野先生和他千金，大家都想跟你結婚，為什麼你偏偏非跟那種女人結婚不可？

稍微修正一下，應該是千金的父母們對哥哥有意思，因為那些來說春花八卦的大嬸，就是為了幫哥哥牽紅線才來的。當時，哥哥自己還說：「我三十歲前不結婚。」

「我們家往後只能靠你了呀！多仔細考慮一下，不要流於一時衝動。」

爸爸也發脾氣了，不過「要是妹妹不像現在這樣，我們也不會反對」的說法讓我有點受傷，但更對哥哥感到抱歉。一直保護我的哥哥，卻因為我的關係而無法結婚。雖然我也不滿意春花的過去，但現在是我報恩的時候。

「我覺得春花姊不是那麼壞的女人。爸爸、媽媽可以由我來照顧……」

「妳說什麼傻話？自己整天窩在家裡，哪有資格插嘴?!我們對妳沒有任何期望，只要不給別人添麻煩就好了，妳給我閉嘴。」

說這話的是媽媽。這話太有道理了，但這還是第一次聽她說得這麼坦白。在稀客面前興奮過度而忘了身為熊的自覺的我，這下子宛如被潑醒了過來。母親一下說：「誠司，你也說說他。」又叫說：「美里，妳一看也知道那女人不是一般人吧？」然後把春花的謠傳說給他們聽。

我覺得這話沒必要在哥哥面前說嘛！但訝異的是，哥哥完全沒有否定這些話。而且當誠司哥哥問：「幸司，是真的嗎？」哥哥還默默地點頭。接著他這麼說：

「春花是個可憐的女人。如果我跟山形小姐或川野小姐結婚，都會很幸福。可是，這世界上能給春花幸福的，只有我。如果你們倆反對到底，我就帶著春花和若葉離開這個鎮。」

哥哥的聲音低沉、有力。他和春花是在鎮公所的窗口重逢的，春花去申請單親家庭補助時，剛好輪到哥哥在值班。雖然是我自己胡思亂想啦！不過，愛照顧別人的哥哥最初可能只是以福利課職員的身分，再加上昔日同窗的情誼來幫助她，但是跟春花談過之後，漸漸萌生出想保護她的念頭，想以一個男人的角色來照顧她。

爸爸僵坐在原地，一聲也不吭。媽媽好像缺氧的金魚，嘴巴一張一合。誠司哥和美里默默地凝視著哥哥。我呢……腦中一片空白地望著大家，我心想，哥哥是鐵了心要和春花結婚吧！這時，一隻大手拍拍我的頭。

「小晶，謝謝妳站在哥哥這邊。」

哥哥撫著我的頭說時，我的淚水不斷奪眶而出。也許從命案之後，這是我第一次流淚。

哥哥和春花在第二個月，也就是九月初辦了手續。儀式在附近的廟裡舉行，只有家人觀禮，看起來有點像穿著華麗的衣著辦法事。哥哥和春花顯得幸福洋溢，鎮上的人剛開始都說：「幹嘛選那種女人……」但春花的父母也是正經人，而且春花自己既低調又守本分，於是漸漸得到大家的祝福。哥哥的評價比以前更高了，人人都稱讚他是「有為青年」。

哥哥發下豪語說，總有一天他會蓋一棟可以兩代同堂的大房子，還在離家走路不到十分鐘的兩層樓公寓租了一間房子住。雖然樓房不高，但外觀卻像足立製造廠的宿舍一樣先進。

我家兩老在手續辦好的當下，態度就有了一百八十度的轉變。可能是高興滯悶的家裡來了個撒嬌的小女孩吧！他們常會用「家裡有蘋果哦」、「有葡萄哦」等無聊的理由叫若葉到家裡來，然後帶她上超商買零食和果汁給她。

若葉也很黏我。有一天，她來家裡時顯得無精打采，我問她：「怎麼了？」她答說：「我不會跳繩。」跳繩？好懷念的字眼啊！我問她：「要不要來院子裡練習？」她高興地回家拿了一條粉紅色的跳繩來。可能買來之後也沒幫她調整長度，繩子太長了。但我隨即轉念一想，剛好有這機會，不如在剪繩之前秀幾招給她看看。

前跳、雙腳交換跳、雙手交叉、一跳兩迴旋……隔了十幾年沒跳，剛開始一直絆到腳，但過了五分鐘，感覺就回來了。妳說會不會喘？才不會呢！我可是每天有一半時間都在訓練哦！一點也不累。

「小晶姑姑，妳好棒哦！」

若葉高聲歡呼。大概是看到外型重量級的我跳得那麼靈巧，覺得很有趣吧！後來若葉只要放學回到家，幾乎每天都會來。我為了示範給她看，也去超商買了一樣的繩子，兩人開始練習。

「加油、加油。只差一點點哦！若葉，妳一定行的。」我這麼說。

若葉每天練習到太陽下山，而我媽也每天準備小孩子喜歡的菜單，問她：「要不要吃晚飯？」可是若葉卻不上餐桌。雖然她會開心地問：「好棒哦！大家一起吃嗎？」不過春花一定會來接她回去。

媽媽也叫過春花留下來一起吃，但她總是拒絕；明知如此，媽媽依然準備了漢堡和炸蝦。不過，看著我和爸爸狼吞虎嚥地吃下那些東西，媽媽卻沒有任何抱怨，實在是因為春花拒絕的手法太高明了。

「我們等幸司回來，三個人一起吃，而且若葉最喜歡爸爸了。」

只要拿出哥哥當擋箭牌，母親就無話可說，加上春花三不五時也會請爸媽和我去吃晚飯。她的娘家就在附近，而且也不是誰的生日，卻還會請夫家的家人吃飯，真是個賢慧的媳婦。

在餐桌上，哥哥心情愉快地喝啤酒，說著在小學活動中跟若葉一起割稻子的事，看起來好幸福。可是有件事我有點介意，因為桌上擺的全是小孩子喜歡的食物。我們家從老早以前就以日式料理為主，並不是因為爺爺、奶奶在家，而是大家喜歡清淡的口味。當然，哥哥也是。

至少該煮一道哥哥愛吃的菜吧！桌上擺的全都是若葉愛吃的東西。不，難道是春花看到媽媽每晚準備的兒童餐點，誤以為我們家都愛吃這些嗎？當時，我是這麼以為的。

「若葉，週末來我們家住嘛！偶爾也要讓爸爸和媽媽單獨相處才行，他們才新婚呢！而且妳也想要弟弟妹妹吧？」

媽媽沒把料理的口味放在心上，她夾起一塊咖哩風味的炸雞說。看來若葉雖然可愛，但媽媽還是想早點抱到真正可以繼承自家血脈的孫子。

「在孩子面前，別淨說些不正經的話。」

哥哥嗆了媽媽一句，但看起來並不像生氣。因為哥哥有事繞回家時，找出了小時候用的棒球手套，還說很想有個兒子。

「怎麼辦呢？若葉睡相很差耶！對不對？」春花露出好像真的很頭痛的表情說。

「我可能會踢到小晶姑姑的肚子。」若葉開玩笑地說。整個餐桌氣氛和樂，但若葉一次也沒來家裡住過。

上了三年級，若葉就算學會了跳繩，還是常來家裡玩。這次是為了單槓倒吊，家裡沒有單槓，所以我們到附近公園練習。倒吊？我當然會啦！還可以連續轉好幾圈呢！而且我可以不用膝蓋，伸直腳用手撐也能倒吊哦！因為以前做過訓練嘛！

過了一段時間，五月的連續假期結束前，發生了一件驚人的事。

春花送了禮物給我，是一雙漂亮的鞋。「因為每次都麻煩妳照顧我家若葉。」又說是假期時，跟哥哥和若葉一起到大都市的百貨公司買的。

那雙休閒鞋不是運動廠商，而是女裝品牌做的，鞋面是用粉紅色和米色皮編成的格紋，跟我以前在超市買的帆布鞋完全無法相比，看起來可愛極了。

「還有，如果妳不嫌棄的話……」

春花拿出一條牛仔褲。她說那是以前買的，可是因為她臀部大，不適合穿牛仔褲，所以幾乎沒穿過。但春花身材苗條，她的牛仔褲我怎麼穿得下？我正這麼想著，春花說了：

「晶子的肩膀和上半身比較結實寬厚，但妳的腿又細又漂亮，臀部也很小，穿那種鬆垮垮的褲子太可惜了。對不起哦！是我自作主張，不過我很羨慕妳呢！」

我這雙腳別說跟別人比較，連自己都沒仔細看過。但是，既然人家好意送了，我就立刻脫下咖啡色休閒褲試穿。牛仔褲與我的腳正好貼合，雖然長度有點不夠，但配上那雙可愛的鞋，短一點反而好。

媽媽帶若葉從超商回來，看到我的模樣相當意外，喃喃地說：「既然這樣……」接著就去拿出一件硬石餐廳的黑色T恤，說是很久以前鄰居蜜月旅行回來送的紀念品，她覺得很丟臉，所以一直沒穿。我換上了T恤，若葉拍手叫好說：「小晶姑姑好酷哦！」

變完了裝，我那用橡皮筋綁成一束的粗硬頭髮便顯得很突兀了。春花介紹我去鄰鎮她朋友工作的一家美容院，於是我帶著若葉出門，決定去把髮尾修整一下。不去理髮廳而是美容院、和若葉兩個人坐電車，都是我的初體驗。

造型師說什麼「讓髮尾自由伸展」，我聽得似懂非懂，不過還是剪了個感覺輕盈的短髮，還修了眉毛。去之前，哥哥塞了零用錢給我，叫我去吃點好吃的，所以我又和若葉到車站前的咖啡館吃了一客蛋糕才回家。

當我兩頰塞滿各種不知名莓果做成的水果塔時，若葉一直盯著我瞧。

「小晶姑姑好酷哦！媽媽以前說，如果我是男生就好了，但我覺得姑姑更適合當男生。」

「欸？媽媽跟妳說過這種話嗎？可是，如果我是男生，就會跟哥——跟妳爸爸一樣囉！」

「也對。」

「妳喜歡爸爸嗎？」

「嗯，喜歡。爸爸會來參加種田觀摩日，還會教我寫功課，對我最好了。前幾天，若葉晚上睡昏頭，踢到爸爸，可是他都沒生氣呢！」

「哦？你們睡在同一個房間？」

「嗯。若葉在中間，睡成川字形。媽媽說，相親相愛的一家人都是這麼睡的。」

若葉開心地這麼說。雖然我以為若葉應該自己睡一間，但她才小學三年級，還是小小孩，而且我到四年級都還跟哥哥睡同一間房，所以不覺得有什麼不自然。

六月中的某天，春花娘家母親在田裡工作時昏倒了，要在縣城的教學醫院住一段時間。春花是獨生女，照顧的工作得交給她，所以若葉就寄放在我家。

可是，她晚上仍然不在家住。坐電車到醫院單程要兩小時，媽媽說了，讓若葉住我們家，春花晚上待在醫院不是比較輕鬆嗎？可是春花說，她無論如何都會回來，還說不想跟我哥和若葉分開。

媽媽偷偷跟我說，春花也許有精神上的疾病。她在東京被那個流氓折磨了好幾年，就算得到幸福，可能也擔心幸福會在自己轉開視線時溜走吧！

我正想稱讚媽媽的觀察入微，她卻說，韓劇裡都是這樣演的，果然像我媽會說的話。我們決定盡量協助春花，讓她不用太操心。

若葉放學後就直接回來我們家，做完功課，和平常一樣練習吊單槓和傳球。等哥哥下班回來，一起在家裡吃了飯、洗了澡，她再跟哥哥一起回公寓。

媽媽特地為若葉準備了孩子愛吃的餐點，但若葉卻喜歡放在桌子中央用大盤盛的筑前煮[4]。看她吃得那麼香，媽媽一高興，第二天又做了很多拿手菜，聽到若葉說沒吃過馬鈴薯燉肉還相當詫異。

我原本以為春花或許不太會煮菜，不過請我們吃飯時的西式餐點卻做得又快又好。所以我想，應該只是春花自己愛吃吧！

爸爸就像個最佳不良示範，每天買了好多糖果、點心給若葉吃。這又惹得哥哥大發脾氣，買了單輪車，要若葉從下學期開始練習。

我雖然也會幫她看功課，算術勉強還可以，但是遇到漢字就常常有想不出來的丟臉場面。做完功課，我們做單輪車特訓，再一起洗澡。

單輪車我也是第一次學，兩人在公園裡又笑又叫地練習，總要玩到太陽下山才回家。在正式的關係上，我們是沒有血緣的姑姪，但若葉也是我唯一的朋友。

我們家所有人都圍著她團團轉。

七月初，一起洗澡的兩星期後，我發現若葉身上有瘀傷，她的腰附近紅紅腫腫的。問她怎麼回事，若葉低著頭說：「不知道。」過了一會兒才又回答：「可能是單輪車。」紅腫看上去跟我膝蓋的瘀痕差不多，所以我沒有起疑便相信她了。

又過了一星期，我終於明白瘀傷的原因了，那是暑假前的一個晚上。

那陣子，紗英殺了丈夫和真紀被捲入傷害事件的新聞，在鎮上鬧得沸沸揚揚。大家七嘴八舌地說：這個鎮被詛咒了，這個鎮已經十五年沒有電視台來採訪；欸，等等！那兩個人不都是那命案中跟被殺的孩子一起玩的同伴嗎？兇手還沒抓到，這究竟是怎麼回事？鎮上的人漸漸又回想起那件殺人案了嗎？

❹九州鄉下料理，以炒雞肉塊為主，加入蓮藕、牛蒡、胡蘿蔔、香菇、蒟蒻、竹筍一起燉煮。

聽說鎮公所也接到電話，問他們要不要在時效到期前，請電視節目做公開調查。「鎮公所有什麼義務做這件事？她們兩個人住在不同的地方，純粹只是巧合罷了。小晶也過著平靜的日子，他們隨口說這種話，也不怕造成別人困擾！」吃晚飯的時候，哥哥忍不住抱怨。

但他一轉頭，又對坐在一旁的若葉柔聲說：「如果有陌生人叫妳的名字，絕對不能跟他走哦！」爸爸、媽媽也說，若葉長得可愛，一定要特別注意才行。他們只顧擔心若葉，倒把我晾在一旁。不過，我並不是因為這樣，才沒告訴他們英未理的媽媽寄來了兩封信。

只是，收到信之後，我的額頭又開始刺刺地痛了。

她寫了什麼呢？我並不是害怕才沒看。我連信封都沒拆呀！只因為這兩封信是在時效到期前陸續寄來的，所以一定是提醒我殺人案的事吧！信放在我房間桌子的抽屜裡，想看的話，請自己去拿。

那張桌上……若葉和哥哥一起回去之後，過了一會兒，我才注意到功課的講義和公寓鑰匙忘在桌上了。

若葉每天早上都直接去學校，不會經過我家，因此雖然下著小雨，我想還是今晚幫她送過去，時間大概是十點吧！春花每天十一點左右才會回來，所以我想如果若葉睡了的話，就交給哥哥好了。

哥哥的家在一樓最裡間。如果我走到門口按電鈴就好了，可是我抄近路，從後面停車場過去。還沒走到就看見面對外側的廚房電燈開著，窗戶開了個小縫。我想從那裡叫他們出來拿東西。

但是，我從窗縫往屋內看了一眼，廚房裡並沒有人。還是繞到大門去好了，我正這麼想時，裡面房間傳來小小的聲音。

救救我！

怎麼回事？身體不舒服嗎？我正想從窗口縫隙問：「沒事嗎？」卻聽到另一個聲音。

「不用害怕，慢慢就會舒服了。因為這是我們變成真正父女的一種儀式啊！相親相愛的父女都是這麼做的。」

額頭上的刺痛突然擴散到整個腦袋，變成刀割般的劇痛。我不知道裡面發生了什麼事，只是作嘔的感覺一直湧上來……對了，發現英未理屍體的時候也是這樣。當時沒拉開門就好了，我想起那時後悔的情緒。

我轉過身背對窗子，還是在頭更痛前默默回家吧！可是，我又聽到「救救我」的聲音。

然後，另一個聲音說：「平常妳都很乖的，今天是怎麼了？妳在叫誰救妳啊？能救妳的人就是我呀！」

她在向我求救，怎麼辦……我害怕地閉上眼睛，腦海中響起一個聲音：

加油，再加把勁，就差一點了，小晶絕對沒問題的。

對，我得去救她。每天辛苦的訓練不就是為了這一刻嗎？

我睜開眼睛，調整呼吸，用若葉忘了的鑰匙打開門，悄悄走進去。我輕手輕腳地走到有聲音的房間，用力拉開門。

——那裡有一隻熊。

只有廚房燈微光映照的陰暗房間裡，熊正騎在裸身的小女孩身上。我靜靜地站著不動，熊才慢慢抬起頭。我以為那會是一張猙獰的臉，但他的臉上卻是輕鬆和平靜。在熊的陰影下，我看見女孩的臉。

——那是英末理！

她望著我，臉上流著淚。

英末理被襲擊了。但是，英末理沒有死。太好了！我趕上了。兇手就是熊，我得把英末理救出來，不早點救她的話，她會被勒住脖子殺死！

房間的一角，放著書包和跳繩。我拿起繩子、解開結，那隻熊還騎在英末理身上，用彷彿快哭出來的表情望著我。我把繩子套在熊的脖子上，使勁把它收緊。熊的眼睛睜得大大的，好像很訝異，他只稍微掙扎了一下，但我用盡全身的力氣拉緊繩子，熊便砰的一聲倒在英末理身上，一動也不動了。

那一刻，英未理的哭聲響徹整間屋子。

太好了，我救到她了。我要去跟伯母說：「妳快來接英未理吧！」

——我一回頭，英未理的媽媽正站在眼前。

哦，伯母太擔心，所以來接她了呢！

英未理的媽媽一言不發，目光呆滯地看著倒地不起的熊。我用中氣十足的聲音對她說道：「雖然很危險，但我救到她了，因為我夠強壯呀！」

英未理的媽媽一定會慈祥地摸摸我的頭，向我道謝吧！這樣，我就能從那股腦殼快迸裂的劇痛中解脫了吧！

然而我等了半天，聽到的卻是另一句話。

「誰教妳多管閒事……」

那一瞬間，我彷彿聽到砰的一聲，有什麼東西崩毀了。

但是，遭到襲擊的是若葉。是若葉被熊襲擊，而我殺了熊。這是犯罪嗎？該不會……該不會妳問的事件，是指我的事？

若是這樣，妳早說就好了嘛！

若葉好像被送到家扶中心去了。也許又是受韓劇的影響，母親說這一切都是春花造的孽。春花根本一點也不愛哥哥，卻接受他的求婚，因為若要修補她破碎的人生，跟哥哥結婚是最省事的方法了。

然而，結婚之後，明明只要履行身為人妻的義務即可，她卻不准哥哥碰她一根寒毛，也沒有生孩子的打算。聽說，那也是遭到前男友家暴下的後遺症。她不外宿、只做前男友喜歡的菜，據說都是這個原因，也許她病得相當不輕。不過，若真是那樣，她可以跟我們談談……

但春花卻選擇了最殘酷的手段。

她想過安逸的生活，但是又不想讓男人——哥哥碰她，於是她把若葉推出來當作代替品。哥哥應該也不願意這麼做吧！如果她開誠布公地把事情說清楚，哥哥也應該會諒解才對。可是春花卻一直逼迫哥哥，也完全不在乎自己忍著生產痛楚生下的若葉，在人格上會不會產生扭曲……說不定，春花並沒有察覺到自己受到後遺症的影響。

白皙、深刻的輪廓、修長的手腳，與流氓父親宛如一個模子刻出來的若葉，對春花而言，只是追求幸福的工具吧！

媽媽一說起若葉總忍不住哭。但是，雖然我們再也不能跟若葉見面，至少她還活著。她住在和我們同一個地區的機構裡，我想總有一天，會在哪裡和她相遇吧！

這樣就足夠了，對我們熊家族來說已別無奢求。這個悲劇的發生不是春花的錯，是熊忘了爺爺的教誨，追求本分以外的東西，所以遭到報應。如果熊不要自傲地以為只有自己能給不幸的女人幸福，而跟一個門當戶對的健康對象結婚，一定能生出可愛的寶寶，大家也都會疼愛那個孩子。都是因為那個小女孩太可愛了，熊對她的到來沒有任何質疑，還引以為樂，才會沒有人注意到這麼嚴重的事。

哦，我想起來了，誠司哥有注意到，他說過「還是不要的好」。早知如此，我當初就該追問他原因。

不過，最壞的還是我。

我是最該發現這件事的人呀……這十五年來，我的腦海中無時無刻想的不就是這件事嗎？……結果，我卻穿上可愛的新鞋，去美容院、吃蛋糕，跟可愛的小女孩當好朋友。如果這件事被英未理的媽媽知道了，她絕對向我報復的。八成會用槍把熊殺了。她那麼有錢，家裡一定有槍，而且雖然我不害怕，但我最後還是什麼忙也沒幫上……對了！去年，誠司哥來我家住的時候，半夜我經過客房去上廁所，聽到誠司哥和美里說起一件事。

妳記不記得，十四年前我們剛到車站的時候？妳回頭盯著一個擦身而過的男人。我有點吃醋，還說：「哦，妳喜歡那一型的呀？」妳回答：「他跟我小學時候的老師很像。」妳說的，不就是這個人？

裡面響起翻雜誌的聲音，然後美里……

對啊！你這麼一提，的確沒錯。我當時想，為什麼南條老師會到這個地方來呢？因為我聽說，他出了意外所以辭掉教師的工作，到關西去了。應該是少年放火燒了自由學校的事件吧？絕對沒錯，就是他，那學校是他經營的，他從以前就是個正義感很強的好老師呢！

——這可以成為一條線索嗎？出現了一個意外的人哩！比方說，他會不會是兇手之類的……啊，不對、不對。還有法蘭西娃娃偷竊案。是偷娃娃的變態殺了英未理，所以誠司哥從超商回程時才會這麼問我……

一個住在關西、距離我們比東京還遠的人，不可能到這個鎮來偷娃娃吧！

啊！還是沒用，離時效只剩五天了。

——不過，妳真的是心理諮商師嗎？聊了這麼久，我現在才覺得，妳怎麼長得好像英未理的媽媽……還是我想太多？

對不起，我的腦袋又快裂開了，我可以走了嗎？好像還在下雨呢！如果可以的話，我想請人來接我。我沒帶手機，方便的話，妳能不能幫我打個電話？手機的號碼我放在家裡……請打鎮公所的福利課。

十個月又十天。

陣痛的間隔還有二十分鐘，好像還不能讓我進待產室，所以，我們可以待在這裡嗎？雖然綜合醫院診療室到了深夜，烏漆抹黑的教人發毛，不過我們如果要聊那起命案的話，這裡不會有人打擾，也許反而比較好，而且也有自動販賣機……說到這裡，妳喝過罐裝咖啡嗎？

哦？妳喜歡啊？真意外。

今天晚上，除了我之外，其他五個人的陣痛都已經到十分鐘一次了。可能是太忙吧！護士直率地表露出不悅說：「不用這麼早來的嘛！」我本來也沒打算這麼早來，只不過想先來打聲招呼而已，妳不覺得醫院的人很失禮嗎？生產應該是件更神聖、更值得感恩的事，因為最近少子化已經成為嚴重的問題了呢！

無論如何，我產檢的時候從沒遇過這種混亂，今天怎麼會這樣呢？我總覺得我的人生一向是別人的「配角」，沒想到連生產的時候，都得忍受這種生產線作業的待遇。是我運氣差吧！一定是。

離預產期還有好幾天，而且上星期產檢時，醫生還說：「可能會晚一點。」今天難得晚上出門卻開始痛了，會不會是受到月亮圓缺的影響？常聽人說過這種事耶！

我的預產日是八月十四日。

妳不覺得很怪嗎？一年有三百六十五天，為什麼偏偏選中這一天？差一天也好。

不過，這日子是醫生說的，我也沒辦法。

好像很多人都不知道預產期要怎麼算。人家說懷孕是「十個月又十天」根本是錯的嘛……

舉例來說，醫生告知的預產日如果是十月十日的話，很多人就把它減去「十個月又十天」，而認定受孕的日子是一月一日。但實際上並不是這樣的。預產日並不是受孕日起加「十個月又十天」，而是最後一次月經開始日往後推四十週，也就是加二百八十天。聽起來好像很複雜，總之是最後一次月經開始日的那個月減三，減不了的話就加九，日子則加七就行了。

所以，假設最後一次月經開始日是一月三日，加上生理期七天，結束後，到排卵日假設也是七天，那實際受孕的那次做愛，很可能是一月十五日到十九日之間。

妳已經生過孩子，這種事跟妳說了也沒用。大部分的人不太會在意何時做愛受了孕，但我的高中同學山形，就因為這種事而差一點鬧離婚。

山形的老公說好聽點，是個一板一眼、認真實在的人。她出現懷孕的徵兆，到醫院去檢查後，醫生說已經懷孕三個月了。她開心地去向老公報告，老公欣喜地問了預產期，並且開心地在月曆上畫了個紅圈圈。突然，他冒出一個念頭：到底是什麼時候懷孕的呢？於是從月曆倒推回去「十個月又十天」，結果那天竟然寫著出差日，於是心中起了疑惑。

他質問我同學，這真的是我的孩子嗎？該不會是趁我出差時，妳跟別的男人有染吧！山形被問得目瞪口呆。老公又說：「妳給我說實話！手機拿來我看！」於是兩人大吵起來。因為醫院只告知預產日，也沒教她算法，所以山形沒辦法解釋，只是堅持：「我絕對沒有別的男人！」爭辯之餘，她也疑心對方是不是有了外遇心虛，所以才懷疑她。兩人吵得水火不容。

雙方爭執不下，終於老公說，如果辨明不是自己的孩子就離婚。懷孕才不過三個月，我不清楚能不能檢查，但第二天兩個人就一起到醫院驗ＤＮＡ。

聽了護士教他們的預產期算法，老公才發現自己錯得一塌糊塗。其實，是他出差兩個月回來的那天，兩人濃情蜜意種下的種，真是對大驚小怪的夫妻。說到山形，她也是在足立製造廠工作……沒什麼相干哦！不過，還好這兩個人願意坦誠相對，所以疑心病一天就煙消雲散。如果因為預產期不對，一直在心中醞釀著對太太不貞的疑惑，那可受不了。

不過，也有人因為算錯日子而鬆口氣。

我的姊夫就是一個。

從八月十四日回推「十個月又十天」，是十一月四日。他跟我發生關係是十一月二十一日，所以他認為「不是我的孩子」，應該說他是這麼說服自己的。

我不曾跟他說過「這是你的孩子」，而且也對爸媽和我姊說，孩子爸爸的名字不能透露，總之對象是公司主管，我是當第三者。而姊夫也說，他相信。

肚子裡這孩子百分之百是姊夫的。不過，這也不能怪他，因為當初是我先引誘他的。打從四年前，姊姊第一次帶他到家裡來時，我就一直很喜歡他。

哪一點嗎？外表和性格倒還其次，我最在乎的是他的職位……啊不，是職業啦！姊夫是個警官，所以我才喜歡他。從以前我就愛看警察電視劇，不過對警官這種職業的人特別有好感，還是從英未理被殺那天開始的。

妳應該聽其他三個人說了吧？那天，我聽從真紀的指示到派出所去。那間派出所就在我上學的路上，雖然每天都經過，但進去裡面還是頭一次，因為我從來沒撿過別人遺失的東西，也沒做過什麼壞事。

但是，英未理卻把我當成小偷，這事妳知道嗎？

——不好意思，我的肚子又痛了，等我五分鐘……

我猜探險遊戲的事，是真紀告訴妳的。她很厲害對吧？在家長大會臨時會議上說的那些話，居然直接被貼到網上去了。據說有家長帶錄影機到現場錄影呢！等等，妳現在不會也在錄音吧？不過，也無所謂啦……

進入那間廢屋的方法，是我最先發現的。我們家種葡萄，但我這輩子最討厭的就是到園裡幫忙農事。如果我生在普通的薪水族家庭，就不用做這些事了，只因為無可選擇地生在農家，就得無償地勞動，天下沒有比這更不公平的事。但是，我倒也並非完全討厭，因為有那棟別墅。我們葡萄園的後側面對別墅的庭園，所以爸媽要我去幫忙時，我就會趁休息時到別墅附近散步，把它當作我家財產到處瞧瞧。由於它的外觀相當時尚，我想裡面一定更豪華，幾次想找到縫隙偷看室內景象，但大門和窗口都用大塊木板封住了。

有時候我帶著點心和便當去，在別墅旁種的大白樺樹下享用，很有外國女孩的茶會氣氛。這是我姊姊想到的點子，她大我三歲，最會想鬼點子享福作樂，那時候的我最喜歡姊姊。

姊姊會說，難得有機會過去，帶上一點配合別墅風格的東西去吧！於是出遊的前一天晚上，她會烤餅乾、做漂亮的三明治給我帶去。雖說漂亮，其實裡面夾的食材都很普通，因為鄉下的超市不賣昂貴的火腿和起司，所以只有蛋啦、醃肉啦、黃瓜等……不過，姊姊會用可愛的包裝紙把普通的三明治捲起來，包成像糖果的形狀，或是挖成心形，再用有荷葉邊、草莓花樣的手帕墊在竹籃下面，盛著三明治帶出去。

姊姊患有嚴重的氣喘，所以幾乎很少有機會到園裡去，卻常為我一個人做這些事。沒錯啊，氣喘，就算在日本空氣最乾淨的地方，會得的人就是會得。

六月初的某一天，我帶著姊姊烤的餅乾，趁休息時間獨自到別墅去。從葡萄園過去，正好到房子的後側。可是那一天，房子跟平常不太一樣，以往被木板封住而看不見的後門完全露了出來，暗茶色的木門上配了金色的把手。

也許門是開的？我懷著忐忑興奮的心情，試轉了一下門把。門是鎖的。我雖然失望，但把手下方有個前方後圓的鎖孔。我想起以前在電視劇裡看過，用髮夾插進鎖孔裡就能打開，於是把夾劉海的髮夾拿下來，插進鎖孔。我一味沉浸在興奮的心情中，其實沒有太多期望，但我動動髮夾想讓它穿過鎖孔時，感覺勾住了什麼，接著順勢一轉，門鎖就咔一聲開了，連一分鐘都沒用到。

我用力推開沉重的大門，裡面是廚房，只有訂製的家具，沒有任何餐具或鍋盆等用具，但最裡面有座類似吧檯的桌子，一時之間，我還以為自己走進了外國人的家。

不過，我沒有勇氣獨自進去。我馬上想到，還是告訴姊姊吧！但又有些遲疑，能帶她到灰塵滿布的地方嗎？若是加重了姊姊的症狀，那可就麻煩了。於是第二天，我把事情告訴真紀。真紀的主意不像我姊那麼多，但也常常會有些玩耍的好點子。

有些遊戲可以很多人玩，但潛入別墅的事若是被高年級或大人發現就麻煩了，所以盡量越少人越好。我只找了住在西區的同班同學一起去，就是命案當天那幾個人。

我打開門鎖，五個人屏住氣息走進門內，不知不覺情緒都變得高昂起來。不管是暖爐、公主床還是有腳的浴缸，都是第一次在現實中看到。在英未理家也有過很多「第一次」的印象，可是，這裡的豪華配備不同，我並不會因為它屬於別人而感到空虛。當然，這座別墅並不屬於我，但也不是其他四個人的，而且連英未理都說她是第一次看到暖爐。別墅是大家的城堡，也是秘密基地。

英未理對擁有秘密基地的我們提了一個有趣的建議。她說，在暖爐裡藏些寶物，而且不僅如此，那寶物必須假裝是某人的遺物，所以要附一封給那個人的信。我們正處在想像天馬行空的年紀，因此玩得樂此不疲，各自把寶物和信紙帶去，在別墅的客廳裡寫信。我假裝姊姊死掉了。

姊姊，謝謝妳一直對我那麼好。我會努力讓爸爸、媽媽不要悲傷，姊姊，妳可以在天國安息了。

內容大致是這樣。下筆的時候，我彷彿姊姊真的已經死了，還流了幾滴眼淚。我把信和姊姊去遠足時買給我的押花書籤，裝進英未理從家裡帶來的漂亮餅乾盒中。

信的內容沒給大家看，但每個人都展示了自己的寶物。紗英是手帕，真紀是自動鉛筆，晶子是鑰匙圈，每個人的東西都很孩子氣，然而英未理的不一樣，那是一只鑲了紅色石頭的銀戒指。即使是鄉下孩子，也知道那不是玩具。我們雖然早已見慣英未理的昂貴用品，但那戒指還是吸引了大家的目光。

「可以讓我戴戴看嗎？」我不假思索地伸出手，但英未理宛如童話裡的公主般說：「這個戒指除了我以外，任何人都不准戴。」然後把它慎重地放進眼前的盒子裡。

既然這樣，就不要拿來嘛！當英未理把放了五人寶物的盒子藏進暖爐時，我對著她的背影不太甘願地嘀咕道。這話她似乎聽見了。

一星期後，英未理到我家來。

星期天，剛過中午，由於早上下了一場雨，所以我想大家應該不會去別墅，便在房裡看漫畫。這時候英未理來了。我跟她又沒有特別的交情，見到她一個人來有點驚訝。走出門口，英未理壓低了聲音，但神情還算從容地說：

「媽媽在找那個戒指，由佳，拜託妳跟我一起去別墅拿。」

戒指就是英未理的寶物。我問她：「妳該不會是瞞著媽媽拿出來的吧？」她曖昧地回答：「戒指收在媽媽的衣櫃裡，但那是屬於我的。」在我家，我媽也常說等我們大了以後，她的結婚戒指會給姊姊，奶奶傳下來的戒指會給我。所以我心想，應該是差不多的情形。

我立刻警覺到英未理來我家的原因，因為只有我能用髮夾打開別墅的門。其他幾個孩子看我從頭上取下髮夾打開門鎖，也想試試看，然而，雖然大家輪流去開鎖，不知道什麼原因，沒有一個人打得開。大家用的是同一支髮夾，只要拉住鎖孔裡的凹洞轉一下就行了，但不論我怎麼說明，大家就是找不到凹洞。晶子還勉強說得過去，連從沒被學校習題難倒的真紀和英未理也都打不開。那時紗英說：

「由佳的手真巧呢！」

做什麼事一向都馬馬虎虎的我，從不覺得自己有靈巧之處，但是仔細一想，我從小就很擅長這種憑感覺的事。像是我的握力不強，但就是能打開緊封的瓶蓋。其他像解開纏死的結，或是組合漫畫雜誌的附錄模型，我都很拿手。

我跟英未理一起走到別墅，毫不費力地開了門，走到暖爐所在的客廳。「謝謝妳，由佳，等我一下哦！」說著，英未理便把頭伸進暖爐，過了一會兒她回頭說：「不見了。」

她說放在右角邊的餅乾盒不見了，我探頭進去找也沒看到。「真的耶！不見了。」當我把頭從暖爐裡伸出來時，看到英未理瞪著我。

「是妳吧？」

一時之間，我不懂她在說什麼。看到英未理冰冷的眼神，才知道自己被懷疑了。我無法接受為什麼會變成這樣，於是大聲地反駁：「不是我！」英未理也拉高了聲音說話：絕對是妳，因為這裡的門只有妳會開。因為我不把戒指給妳戴，所以妳生氣就拿走了，對吧？這種行為叫做小偷。而且，我知道妳還偷過別的東西。紗英的橡皮擦是妳偷的，對吧？我看到妳偷偷在用紗英不見的橡皮擦。如果妳不把戒指還我，我就要告訴我爸爸。

接著，英未理就哇哇大哭起來，還一邊嚷著：「快還我戒指，妳是小偷、小偷……」我有好多話想反駁她，但又想，現在說什麼都沒用吧！

妳問我指什麼？就拿橡皮擦的事來說好了。紗英不見的那個橡皮擦，西區所有女生都有，因為那是前一年在聖誕派對上，兒童大會送給大家的禮物。英未理只是在知道紗英的橡皮擦不見之後，剛好看到我在用同一種橡皮擦，而且我也沒有偷偷用。

不過，事到如今我在想，英未理對用同一種橡皮擦的真紀和晶子，可能也是同樣的想法吧！

貪心的眼光是什麼樣子，妳知道嗎？從很小的時候，媽媽就常說我有這種眼光。姊姊和我都是單眼皮，但她只會說我。

跟我媽走在路上，有個同學拿著冰淇淋迎面走來，我只是揮揮手打招呼，我媽卻會用厭惡的表情說：「別用那種眼光看別人的東西，妳那模樣真低賤。」的確，天氣那麼熱，所以我很羨慕對方，但並不表示我也想要。

早知道應該把我的眼睛生得美一點嘛！小學三、四年級時，我的視力退步得很嚴重，戴著度數不合的眼鏡，看東西都得瞇起眼睛，所以才會看起來很貪心吧！

對不起，話題扯遠了。說到小偷的部分，對嗎？

英未理一直哭個不停，我氣得滿肚子火，於是丟下一句：「我不管了啦！」就跑出別墅回家去。

當天晚上，英未理和伯父一起來我們家，是我媽出去接待的。原來英未理真的向她爸爸告狀了。我嚇得全身發抖躲在浴室裡，可是我媽來叫我的時候，聲音卻出奇地溫柔。

走進客廳，與大眼怪人四目相接——就是妳先生啦！鎮上的孩子在背地裡都這麼叫他。妳可別笑，大家也是這麼叫妳的。

——對不起，我繼續往下說。

他們兩個人是來把寶物還給我的。我丟下英未理走後，她也想不出辦法來，不但戒指丟了，連門也不能鎖了。如果被母親發現她把戒指帶出去，一定會被罵，所以她沒跟媽媽說便打公共電話到足立製造廠，請休假日加班的爸爸幫忙。

她正把事情的來龍去脈告訴立刻趕來別墅的爸爸時，一輛鄰鎮房地產公司的車子駛來，做房地產的叔叔帶了一位從東京來、想在這裡成立自由學校的客人。上午他們來過這裡，下午又到別處去，將他送到車站後，又再次回到這裡來，因為他要裝一個更堅固的鎖，防止非法入侵者從後門進入。

客人好像發現了寶物盒，所以房地產公司的叔叔對她說：「不可以再任意進去囉！」英未理拿出我的書籤和一個大大的東京知名點心盒，笑著說：「這個很好吃哦！妳吃吃看。」可是她並沒有為誣賴我是小偷而道歉。她可能想最尷尬的人是她，所以不管她說什麼，我們都會原諒。等時間過去，大家就會忘得一乾二淨吧！真是的，妳們母女倆還真像。

這件事我沒對任何人說，因為我覺得，英未理送來的點心好像是要我封口的賄賂。一開始，我說「不要」並把點心推回去。雖然很想吃吃看用華麗包裝紙包起來的點心是什麼味道，但我心想，除非英未理道歉，否則我絕對不接受。可是，我媽卻收下來了。

「人家和爸爸一起特地來看我們，妳怎麼這麼沒禮貌！」媽媽說完，又轉頭向英未理和伯父道歉：「真是不好意思，這孩子太不懂事了。以後妳們也要互相照顧哦！」兩人心滿意足地回去了，但我卻落得滿腹委屈。然而，這件事還惹得媽媽更生氣。

我們偷闖別墅的事曝光，並不是英未理害的，而是因為姊姊說：「那個別墅我也想進去，為什麼不告訴我？」我回答：「因為那裡面都是灰塵。」姊姊就哭著說：「反正我就是個氣喘病人！」

「為什麼在姊姊面前炫耀?!」媽媽大為光火，但我並沒有炫耀呀！英未理和伯父回去後，姊姊從二樓下來問怎麼回事，媽媽說：「這臭丫頭，偷偷跑到果園後面那棟廢屋裡了啦！」於是事情才曝了光。

我想爭辯，但話卻先被姊姊說了。

「這不是由佳的錯，我本來就必須忍耐。」

聽到這話，媽媽說：「也不是妳的錯呀！」然後把英未理給的點心拿給姊姊選。

從小，媽媽就因為沒給姊姊生個健康的身體，對她感到愧疚，也為沒生個兒子對爸爸感到愧疚，但她把我生成四眼田雞，卻從來不覺得愧疚。

也許因為近視是我爸這邊的家族遺傳，但不管是對姊姊、還是爸爸，媽媽都沒有錯。兩人也沒有埋怨過媽媽。她可能只是喜歡用責備自己來表達吧！人家說的被虐狂？大概是那種感覺。

可是女兒被捲入殺人案卻也不來關心一下，妳不覺得很過分嗎？……終於要說到正題了。

——不過，妳可不可以再等我五分鐘？

那一天，出了學校後門，跟晶子分開之後，我就向警察局跑去。派出所的警察兩、三年會換一次，那時候派駐的，是一位叫安藤的年輕警員，他的身材不管橫向、縱向都很巨大，簡直就像一張榻榻米，穿起柔道服特別有派頭。雖然我是去向警察報告殺人事件的，但孩子獨自一個人到警察局，會不會惹他生氣呢？我戰戰兢兢地走了進去，警察正在和老婆婆說話。他的模樣看起來倒還親切，我暫時放下一顆心。

殺人案這麼嚴重的事，應該打斷兩個人的談話直接報告的，但第一次上警局的我就像在醫院候診室一般，規規矩矩地站在一旁等。警察看看我，猜想應該沒什麼重大的事吧！於是他用跟魁梧身材完全搭不上邊的柔和聲音說：「坐在這邊，等我一下。」叫我坐在老婆婆旁邊的鐵椅子上。

老婆婆在說法蘭西娃娃偷竊事件。她用老人家才會講的方言說：「偷娃娃的一定是東京的人啦！」我一面聽，心裡一面想著：這下子會不會說很久啊？突然間，我想起這老婆婆是哪家的人了，因為他們家的小孩很得意地說，盂蘭盆節假期時全家都要去迪士尼樂園玩，想必老婆婆很寂寞吧！我心裡浮起些許同情之心。

是啊！就是英未理剛被殺的時候。妳是不是不滿我沒像其他孩子那麼害怕？但是說實話，當時我還不覺得害怕。並不是我性情冷漠，也不是怨恨英未理把我當小偷，只是因為我看不清楚罷了。

那一天的前幾天，家裡為了迎接親戚大掃除了一番，掃到一半，我不小心把平常用的眼鏡踩爛了。不得已之下，我只好用以前配的眼鏡，看到的東西大多模模糊糊的。

因此，我只看到英未理倒在微暗的更衣室裡，並沒有危急的感覺。直到再回到游泳池之後，才開始察覺事情重大。

老婆婆回去之後，警察和藹地問我：「不好意思讓妳久等了。有什麼事嗎？」我照著自己看到的情形回答：「有同學躺在學校的游泳池那邊。」

「這麼嚴重的事，妳怎麼不早說呢?!」警察說完，立刻打電話叫救護車，他可能以為是溺水，接著便用警車載我到學校去。

也許是在我們到達游泳池，看到妳的時候，警察才發現事情非同小可。妳坐在男更衣室的地板上，抱著英未理叫著她的名字。看到這幅光景，我第一次體認到，英未理真的死了。

警察說，為了維持現場，可能最好不要抱起屍體。不過，我想妳當時根本沒有聽到警察這番委婉的提醒。

現場還有一個人，是紗英，她蹲在更衣室門外，閉著眼，兩手捂著耳朵。就算我們叫她，她也沒抬頭，因此，只好由我說明事情發生的經過。

我們在體育館的蔭涼處玩排球，一個穿工作服的叔叔走過來，要我們其中一個人幫忙他去游泳池的更衣室修理換氣扇，然後就帶英未理走了。我們又接著玩了一會兒，但是六點的〈綠袖子〉音樂響起時，她還沒有回來，我們四個人就一起去看看狀況，發現英未理倒在男更衣室裡。

警察很認真地聽我說話，並且記錄在手冊上。

之後，救護車來了，縣警也派警車過來，附近鄰居都跑來關心……游泳池周圍突然圍滿了人。紗英的媽媽慌忙跑來，把她揹在背上走了。我出去時，正好遇上晶子的媽媽和真紀的媽媽也來關心。我記得晶子的媽媽嚷著說：「我家女兒回到家時，打破了頭流血。」真紀的媽媽大聲叫著真紀的名字，到處找她。但是因為現場鬧烘烘的，兩個媽媽完全被淹沒了。

只有我，孤零零地被留下來，雖然我應該算是命案的當事人，但誰也沒注意到我。警察正把從我這裡聽到的事向縣警派來的警官報告。

如果當時兇手混在人群中，趁人不注意把我抓走，大家也不會注意到吧？人那麼多，卻沒有人能幫我……妳懂得這種恐懼嗎？

我好想得到別人的注意，所以拚命想著，還有沒有什麼事可以向警察報告？要不要到體育館前把排球拿來，告訴他球上面可能有兇手的指紋？還是在隔壁的女更衣室模擬發現英未理倒下時的樣子……

就在我費心思考時，縣警的警官過來詳細詢問我兇手的線索。我很高興自己又受到關注，所以竭盡所能地回憶，然而一些細微處、尤其是臉部特徵，根本不可能記得。不是我想不起來，剛才也說過了，我幾乎什麼都看不清楚。百次傳球時漏球最多的、把球丟到兇手腳邊的，都是我。如果我戴上平常的眼鏡，或許看不到小痣或傷痕，但至少大特徵一定能看到。我真是太不甘心了。

我對我媽更是生氣，都是她用「姊姊沒辦法做」為藉口，叫我站上椅子打掃積滿灰塵的櫃子，而且現場聚集了這麼多居民，卻獨不見我媽的影子。不過，我們家雖在西區，卻離學校很遠，她可能很晚才得知這個騷動，應該已經在路上了。我心裡這麼告訴自己，繼續等著。雖然我很氣，但畢竟還是很愛我媽。

搜查一直持續到深夜，九點多，我在警察的護送下回到家。媽媽打開門看到警察的剎那，露出尷尬的表情。

哎喲，真不好意思，我現在正打算去接呢！篠原太太打電話來，我才知道學校裡出了大事。可是今天一大早，我那大女兒發病了，啊，她有嚴重氣喘啦！所以什麼東西都吃不下。傍晚的時候，我想可能可以喝點蔬菜湯吧！所以那時候正在打汁呢！是啊，我自己特製的蔬菜冷湯，不管狀況再怎麼差，她都會願意喝。而且，我家老公又是長子，今天一整天都在忙……

有人被殺了，媽媽竟然還能陪著笑臉，說這些無關痛癢的話。我看著她，淚水不斷湧了出來，覺得好丟臉，或是好悲哀……我想起妳抱著英末理的屍體慟哭的模樣。如果是姊姊，媽媽一定也會抱著她哭吧！但如果是我，就算被殺了，她也不會到現場來的。

妳問我爸嗎？聽說爸爸從早上起床就跟某個叔叔喝酒，傍晚時已經醉癱睡著了。就算他醒著，也未必會來接，他可能會說：「多麻煩哪！」爸爸從小被當成繼承人，在溺愛中長大，因此他對不能繼承的孩子，特別是期望落空的二女兒，完全不想關心。話說那些財產根本沒幾個錢！

對著哇哇大哭的我，媽媽還火上加油地說：

由佳都四年級了，自己走回家就好了嘛！

既然知道我長大了，就不要在別人面前丟我的臉！我彷彿聽到心裡的聲音在說，我在不在他們根本不在乎。連父母都這樣了，就算視力再好的人，也會視線朦朧，看不到我的存在。

但就在這個時候，身旁的警察叔叔說話了。

是我們警方把令嬡留住的，真是抱歉。

然後他轉向我，彎下巨大的身體，摸摸我的頭。

不好意思啊！明知妳害怕還留妳這麼晚，謝謝妳告訴我們那麼多訊息。後面就交給我們警察去辦，今天妳好好休息吧！

那隻又大又溫暖的手，彷彿可以把我整個頭包住似的。當時的觸感，我到今天都忘不了。從那天開始，我就一直在尋找同樣的手。

命案發生後，改變最大的是我對姊姊的態度。

母親因為只有自己沒去接，可能感覺些許愧疚吧！突然對我出奇地慈祥。雖然她只是問我有沒有食慾啊？想不想吃什麼？要不要去鄰鎮的出租店租一些有趣的錄影帶呀？但卻是她第一次這麼關心我。

這樣的話，我想吃焗飯。

話雖如此，但當晚擺在餐桌上的卻是冷麵線和梅肉拌蒸雞。她說，妳姊姊啊，今天看了熱食都噁心吃不下。錄影帶、卡通，姊姊嫌太吵，最後什麼也沒租。

總之，她心裡只有姊姊。反正大家一定都想，怎麼被殺的不是我吧？

我再也受不了了，掀翻了麵碗尖叫起來，這是我第一次表露出這種態度。以往我會顧忌著姊姊身體不好而忍耐下來，但那時候，我覺得快要完蛋的是自己。沒想到姊姊哇的一聲大哭起來。

是我不好，都是我的錯。我的身體如果再健康點，由佳就不會這麼苦了。我可以在由佳沉悶的時候做焗飯給她吃，如果不是生來就有病……告訴我，為什麼只有我這麼痛苦？媽媽，告訴我！

媽媽看到姊姊流著淚哭訴，立刻緊緊擁住她，跟著大哭起來。「對不起，真由，對不起。」這發生在命案的第二天。

而且，每次我要和媽媽一起到警局偵訊時，姊姊一定會發病。我經常是跟著真紀的媽媽一起去的。電視上播出英未理被殺的新聞時，爸爸就會問我：「警察問妳什麼？」讓我覺得作嘔沒了食慾，常常一餐就沒吃了。慢慢地，因為姊姊的關係，那件殺人案在家裡成了禁忌話題。直到現在，大家關心的還是姊姊，我永遠是被晾在一邊的人。

再抱怨也沒用，所以我決定放棄了，然而又不能完全不在乎。不只如此，我心中的不安與日俱增。雖然我相信兇手很快就會被抓到，但一直沒有逮捕的跡象。在某種意義上來說，或許是我們害的，因為縱然我們只是孩子，但有四個人目擊，竟然全體都說不記得長相。嚇壞的紗英和平常經常發傻、頭又撞到的晶子不記得還有話說，連真紀都說不記得，實在匪夷所思。因為即使是我，看過的就絕不會忘記。

但是，搜查陷入瓶頸並不只是因為這個問題。舉例來說，那天是盂蘭盆節，平常因為車子來往少，如果兇手開車來，應該有人會特別留意，但到了盂蘭盆節假期，家家戶戶多捨棄電車，一家人開車返鄉。鎮上各個角落都能看到縣外的車牌或出租車，所以也不太有人目擊到可疑車輛。

其他像是，就算有陌生人走在鎮裡，除非全身上下沾滿了血等很突兀的狀況，一般都會被當作是某家的親戚。而且兇手把工作服換下後，塞進旅行袋裡帶著走，別人一定以為他正要回家吧！

再說，如果是前一年，就算是盂蘭盆節期間，陌生人在街上走動都會引起好奇。但足立製造廠成立之後，鎮上到處是平常不認識的人，於是好奇的人也就少了。我想若要一直往上追溯，可以歸因到都市人對周遭的漠不關心吧！

習慣了冷漠之後，也許很自在，但我這個人卻渴望別人的關注。那段苦悶的時期，我心裡想到的，是命案當晚送我回家的安藤警員。如果是安藤叔叔，一定會聆聽我的心聲，也會保護我不被兇手傷害，於是我每天努力想著去派出所的理由。

對啊！對於待人親切又善交際的妳來說，或許會覺得為什麼需要理由呢？妳可以面帶微笑地進去，說聲「你好」，就娓娓聊起學校之類的家常閒話。但是那時候的我，絕對不可能做這種事。即使一步跨了進去，但對方問：「有什麼事？」而我回答不出來的話，一定會嚇得逃走。我們農家沒有週休二日，從我懂事以來，大人就常對我說：「我很忙，到別處玩去。」即使姊姊沒有生病，也沒有人告訴我們想撒嬌、想要人關注是不需要理由的。

剛開始，我會想一些跟案件有關的線索提供給他，比如說，雖然沒看清楚兇手的臉，但他的聲音很像哪個演員；或是西區擁有法蘭西娃娃的家庭有二十戶，但慶典那天晚上被偷的娃娃都在我們排行榜的十名之內等，不太有用的情報。可是還不到五次，點子就用完了。

我好幾次把別人掉在路邊的零錢送去。但是，不可能經常有人掉錢，只好在半路上從自己的錢包裡拿出百圓硬幣。現在回想起來，付錢去跟他見面、說話給他聽，簡直就像去牛郎俱樂部。老實說，從那之後的十年，我一直陷在這個情結中，直到現在才發現自己走進死巷子，出不來了。

坦白告訴妳，我很討厭妳，就算是現在，也難說我的心情愉快。不過找個人說說話，好像能看到自己沒注意到的事。我們四個人在命案發生後，不再一起玩，也不曾談過那起命案，但是如果四個人再多談一點，說不定就不會走到岔路去了。

走岔了路，我是說我……第一次偷東西，是在命案的半年後。

——啊，好痛……再等我五分鐘。

每天習慣一起玩的同伴全都疏遠了，以前疼我的姊姊也敵視我，再度確定父母不愛我，而去派出所的理由也用完，我真的寂寞死了……那時候，我們必須去買學校美勞課需要設計用的４Ｂ鉛筆，然而我的錢包裡只有三十圓。

「美勞課要買鉛筆……」我向母親說了，她回答：「我之前不是才給過妳零用錢？用那個錢去買。」我不敢說實話，握著三十圓走到文具店，但４Ｂ鉛筆要五十圓。

我們小學附近有家小文具店，只有一個阿婆看店。我從塑膠筒裡取出一枝鉛筆，緊緊握著它，心想，怎麼辦、怎麼辦、怎麼辦的時候……自然而然地就把它藏進了外套袖子裡。我不敢相信自己竟然這麼做，把身體轉向門口的方向，不讓阿婆看見，然而霎時我差點尖叫起來，因為在透明玻璃門外，姊姊正面對我站著。

姊姊走進店裡說：

「妳來買４Ｂ鉛筆嗎？鉛筆我有，妳用我的就好啦！已經買了嗎？」

我默默地搖搖頭。

「那就好，我是來買自動鉛筆的，買一枝給妳好不好？小學還沒人用吧？妳可以拿來炫耀哦！對了，我們買不同顏色好了，粉紅和粉藍，妳要哪一枝？」

姊姊說著，拿起兩枝三百圓的可愛自動鉛筆，笑容滿面地遞給我。命案之後，這是姊姊第一次對我展露笑容，我困惑極了，默默呆望著那兩枝筆。為什麼今天對我那麼好？發生了什麼好事嗎？我畏畏縮縮地伸出手，突然，手腕抵到一個硬硬的東西，是我塞在袖子裡的鉛筆。

難道姊姊看到我偷東西了嗎？她打算回家之後跟媽媽說。媽媽一旦知道我偷東西，肯定會更疼愛姊姊，也更加疏遠我，姊姊會因此樂不可支。還是乖乖拿出鉛筆，求姊姊幫我付錢好了，我可以不要自動鉛筆。但是，如果我從袖子裡拿出來，還不知道她會有什麼反應。

當我苦苦思索時，姊姊看似開心地東看看橡皮擦、西看看彩色原子筆。也許姊姊目擊到我偷東西的模樣了，這種罪惡感，不，應該說是絕望感壓得我受不了，我終於跑出了店外。我沒直接回家，也沒有這種時候可以找的朋友，當我意識過來時，兩隻腳已經往派出所的方向跑去。妳可能會想偷了東西還去派出所，不是自投羅網？但我當時真的覺得，只有那裡能接納我。

即使來到派出所前，我還是遲疑著不敢進去。不過，裡面的安藤警員卻注意到我了。

「啊，由佳。今天很冷哦，來裡面取暖吧！」

他沒問我怎麼了？為什麼到這裡來？發生什麼事？反而說，很冷哦！我從袖口拿出鉛筆。「我偷東西了，對不起。」說著便忍不住大哭起來。我沒有想得到諒解的姑息想法，就算他罵我也行，應該說，這正合我意。

可是警察叔叔沒有罵我。他把我拉到暖爐旁的椅子坐下，從桌子抽屜裡拿出一個塑膠袋，裡面有近三十枚百圓硬幣。

這些錢不是別人掉的吧？是由佳擔心搜查的進度，所以才假裝送失物過來吧？對不起哦，叔叔一直沒能抓到兇手，讓妳一直心驚膽顫。其實妳不用假裝也可以過來呀！隨時都歡迎。好了，就拿這些錢去把鉛筆的錢付了吧！妳跟店裡的人說，忘了帶錢包，所以回去拿。他們會原諒妳的。

安藤叔叔說完，把放零錢的塑膠袋讓我握住，那雙大手包覆住袋子和我的手，和命案當天一樣令人安心。我覺得自己不再是孤零零的一個人了，我向安藤叔叔道了謝，回到文具店，阿婆說，錢姊姊已經幫我付了。阿婆沒發現我偷鉛筆，但姊姊把我做的事告訴了她，並且向她道歉。「真是個好姊姊啊！」她說。

回到家，早就等在門口的媽媽沒讓我進門，直接把我關進雜物間。她說：「小孩敢偷東西，給我在裡面待到天亮！」雜物間裡沒有電燈也沒有棉被，我從塑膠袋裡拿出零錢，回憶著警察叔叔大手的溫度，既不害怕，也不傷心。

讓我傷心的是接下來那個月，安藤叔叔不在了。他通過了考試，調回縣警總部工作。這是值得高興的事，但我難過得不得了。他離開的那天，我駐足在派出所門口，說不出道賀恭喜的話討人歡心。安藤叔叔說：「會有個資深的警察調來，如果有什麼擔心的事，都可以來跟他說哦！」但新調來的是舉家搬來的中年大叔，還有點駝背，看上去一點都靠不住，所以我再也沒有到派出所去過。

聽起來很像藉口，不過，我因此開始常常偷竊了。不是為了好玩，也不是沒有錢用，只是希望有人注意到我。遇到殺人事件也沒來接我的爸媽，若是警察叫他們來，應該會來接我了吧！但是，老天好像跟我作對似的，不知是不是行竊手法太高明，店裡的人幾乎從沒發現過。反倒是夜裡還在外面晃蕩的國中生團體歡迎我，我終於有了同伴。

那是命案發生一年後的事，而妳找我們出來，則是再兩年後。

命案發生的三年後，妳把四個十三歲的女孩集合起來，說出令人難以置信的話。那個時期的孩子，就算生活得很正常，也會對自己存在的意義抱著懷疑和不安，而妳竟然給我們套上「殺人者」的大帽子。還說出要我們找出兇手，補償到妳滿意為止，若是做不到就要報復之類的話。

妳只是一時衝動把情緒發洩出來，卻完全沒想到孩子們聽了這話心裡會作何感想吧？莫非妳回到東京之後，不到三天就把這些話忘光光了？

妳和英未理長得雖然不像，但性格真的如出一轍，而且……跟我姊姊也很像。

在妳叫我們出來前的兩個月左右，姊姊又恢復成原來那個溫柔的姊姊，原因單純得教人發窘。其實是她升上高中，交了男友了。男友把姊姊當公主一樣對待，兩人平常在學校都見得到面，但晚上還要熱線到深夜，一到假期就去遠地遊玩。姊姊會拿用即可拍拍的照片給我看，開心地描述在遊樂場如何連坐五次雲霄飛車，但我不知道該如何反應。

媽媽很欣慰地說：「人長大了，身體也健康起來了呢！」但是她還是記掛著姊姊。會不會難過？中午吃了什麼？下星期還是別出去，在家裡休息吧？

這些家常便飯的問候，在姊姊交了男友後，就成了她不樂意聽的話。從前我以為她巴不得大家都把她捧在手心，但原來她只想專屬於一個人。

媽媽被姊姊疏遠，開始想對我盡些義務。雖然我覺得她做什麼事都是獨斷獨行，但並不會不舒服。然而當她叫我去精神科看看時，還是嚇到我了。案子都過了三年，如今怎麼會突然有這種想法？而且那起命案並沒有對我的日常生活造成障礙。

我說：「媽，妳不用費心啦！」

母親眼眶裡盈著淚說：「媽媽覺得呀，由佳會偷東西、半夜遊蕩都是那起命案害的。因為在案子發生前，妳從來都沒有做過這種事呀！妳本來是個老老實實的乖孩子，我以為過了一段時間，妳就會恢復正常了。可是兇手沒有抓到，妳的問題也越來越嚴重了。有件事我一直沒說，也很少有店家會發現妳的行為……但是妳昨天也偷東西了吧？媽媽一看妳的眼神就知道，所以才……」

我以為誰也沒注意到，但作夢也想不到，眼中一向只有姊姊的媽媽居然會知道我偷東西，而且她只看我的眼神就知道……究竟那是什麼樣的眼神呢？我回到自己房間，凝視著鏡中的臉，想像自己偷東西的動作，但我看不出跟平常有什麼不同。

不過，我決定戒了這個壞習慣。就在那幾天，妳把我們叫出去。從妳家回去後，我跟媽媽約好不再偷東西了。我跟她說，妳威脅我們要想出兇手的長相，我很害怕，所以才去偷東西。但是不用再害怕了，因為妳要回東京。

後來，我跟夜遊的夥伴也一刀兩斷，乖乖上學校去。原本在那團體中，我的年紀就比他們都小，所以也沒有衍生出什麼麻煩。高中畢業後，在鄰鎮只錄取兩名的信用金庫，我以保障本地人的條件考上。可以說，我算是個相當用功的孩子，我想這都是拜妳離開所賜。

別擺出那個臭臉嘛！我只是實話實說罷了。那一天妳對我們所說的話，的的確確是一種威脅行為。在妳的脅迫下，其他三個人選擇了補償。她們真傻，自己根本沒做錯事，補償什麼呢？我決定把這事甩到腦後去，但從結果來說，我還是去尋找兇手了。

但那不是為妳——而是為我姊夫。

——陣痛時間好像縮短了，我得說快一點。

姊姊四年前結了婚。在本縣大城的短大畢業後，姊姊到百貨公司上班，第三年就結婚，辭掉了工作。她第一次帶姊夫來我老家，是在結婚半年前。住在鄰鎮宿舍的我，前一天也回到家裡，跟我媽一起大掃除迎接兩人，這次，我沒有弄壞眼鏡。

瘦高個兒、白淨又討人喜歡的臉，怎麼看都像在百貨公司上班的人哪……但姊姊卻說，他是縣警局的警官。這麼秀氣真的能抓壞人嗎？我們全家都用這種眼光審視他。姊夫可能想要為自己解釋，他說他分配在資訊相關單位，一整天都坐在電腦前。我那天才知道原來警察局也有這種單位，不過他說他是電腦宅男，我們也就明白了。

我問姊姊在哪裡跟這種人認識的？她說在聯誼上認識的，一位專跑百貨公司和警署的保險公司阿姨牽的線。我心想，讓自己瞄準的目標注意到自己，的確是姊姊的拿手伎倆。據說姊夫對姊姊一見鍾情，接著就展開熱烈追求。死皮賴臉的，姊夫說。

姊夫的外表，從以前就一直是姊姊喜歡的類型，但並不合我的口味，所以我由衷地祝福他們兩人，上前跟姊夫寒暄，握住他的手——霎時，我找到了同樣的觸感。他的手，就跟我最喜歡的安藤叔叔有著同樣的觸感……

我猜，可能是我的記憶形成不太仰賴視力吧！外型如何並不重要，關鍵是那隻手的觸感，讓我「想要」他。我想撫摸這隻手，想被他撫摸，想要他只屬於我。然而，這個願望不可能實現，不管是那一天、還是以後，姊夫的眼裡都只有姊姊。

我想要的東西永遠是姊姊占有的。姊姊並非故意搶走我的東西，媽媽在生我的時候，已經屬於姊姊；我認識姊夫時，他也屬於姊姊。就這麼簡單。

兩年前，姊姊發生了一件悲劇——她流產了，而且不能再生。那時正值農忙期，姊姊暫時在我的宿舍裡療養，但她只要聽到哪個同學生孩子就會大哭，電視裡出現紙尿布廣告也會哭。過了半個月，她可能想通了吧！帶著愉快的神情回到位於城裡的警官宿舍。

而且，她也再度回到百貨公司當兼職員工，拿到薪水之後，還跟單身的老同學出去旅行。姊夫呢？他本來就忙，所以姊姊不論在不在家，都沒有太大差別，反而還替姊姊打起精神感到欣慰。

不過，姊姊犯了一個大錯。

我跟六個男生交往過……妳幹嘛那麼驚訝？我也能交到男友的，只是不論哪個都不長久……他們都說，負擔太重了。我只是想把所得到的感情回報給他們而已……哦，妳是說會不會是那件案子造成的心理傷痕？關於這一點，我可以肯定地說：「沒有。」還是得回到那句老話，英未理當時的衣服或狀態，我根本沒看清楚。

總之，我交往過的人全都是體格適合柔道或橄欖球的壯漢，所以姊姊以為我喜歡那種類型，對姊夫那樣的人沒有興趣。她完全沒察覺到我「想要」姊夫的念頭，所以請我當她不在家時，幫她整理家裡。

不，或許她已有察覺也說不定……因為最初發現我偷竊的是她，她不可能沒注意到我的心情。雖然她知情，但她相信姊夫不會背著她出軌，所以想看看我的反應。若是如此，那是她自作自受。

其實我每天都想過去，但因為時間和距離上的關係，只有週末過去幫忙家務。我好開心，星期六上午過去，做了午飯和姊夫獨享兩人時光。偶爾一起看錄影帶、打電動……但是到了傍晚，當我走向門口說：「我該走了。」他從來沒有留我。我只盼望一次就好。

去年十月，新聞報導此處縣警資料外洩，不是也在全國聯播上喧騰一時嗎？記錄犯罪的未成年人姓名、地址與經歷的機密資料，連同本鎮預防犯罪宣傳的電子文宣一起寄到所有登錄者的信箱裡——就是這則新聞。

那件事是我姊夫的錯。說得正確一點，是某個電腦駭客惡作劇，將新種電腦病毒植入該系統而導致的失誤。負責的管理者是我姊夫，他因此受到相當嚴厲的處分。那時候，姊姊覺得浪費而不想付取消費用，還是依計畫到北海道度假旅館去了，所以我和姊夫在一起。

只有那一晚，我渴望許久的那雙手終於成為自己的。那是八月十四日倒推兩百八十天的兩星期後。但是，那不再是一次就了結的事，因為我的肚子裡誕生了新的生命。

妳看，他現在正努力著想出來呢……妳再等我一下吧！

我發現自己懷孕時，像是得到什麼非凡的寶物一般。

姊姊不能為姊夫生的孩子，我卻能生，說不定這孩子出生之後，姊夫會與姊姊離婚，而跟我結婚。我懷著期待，而且認為它很可能成真。

我爸媽大吃一驚。媽媽剛開始成天嘀咕抱怨，認為偷情之後懷孕簡直丟死人，以後沒有臉再面對鄰居和親戚。但後來聽了爸爸的話：「有個孩子正好繼承香火不也很好？」突然變得積極起來，把腹帶❺送到神社去拜拜，還陪我去產檢，即使我一再解釋自己去沒問題也沒用。知道肚裡懷的是男孩之後，更是呵護備至。每次我一回到家，餐桌上總是擺滿我愛吃的食物，電視、錄影帶隨我看，即使姊姊在也不避諱。

姊姊從去上班之後就開始抽菸，但她在我面前拿出香菸時，居然遭到媽媽的斥責。看到這一幕時我好感動，妳不覺得很神奇嗎？我竟然得到比殺人事件時更高級的待遇。孕婦真是偉大啊！

但是，這種生活無聊死了。因為孕吐太嚴重，我辭了工作，但進入安定期後，身體卻健康得好像變了個人，早知如此留職停薪就好了。

有了，在這段飯來張口的時期，找個事來做做吧！可以的話，最好是討姊夫歡心

❺日本有個習俗，孕婦懷胎進入五個月時，就會在腹部束上帶子安胎。

的事。據姊姊透露，姊夫在下次人事調動中，很可能會被轉調到縣內的偏遠鄉鎮。若是如此，不如到那個鎮的派出所當警察吧！我淨打著些跟眼前無關的算盤。但轉個念頭又想，姊夫可能不願意吧！有什麼事我可以幫上姊夫的，幫上做警官的他……

如果建了什麼功，也許姊夫就可以一直留在縣警局了，例如抓到殺人案的兇手之類……英未理被殺的案子應該快到時效了。

雖然想到這些，但如果這事情這麼簡單，警察早就抓到兇手了。若能有新的情報，說不定也有用。就在我開始退一步想時，我聽到了天啟。

妳聽說過懷孕時容易中大獎嗎？我覺得那可不只是迷信。因為體內孕育著新的生命，所以具備了某種通靈的能力……不過現在想來，或許只是神經過敏。

今年四月，天啟透過收音機傳達給我。懷孕的時候，眼睛不是很容易疲倦？所以那天我開了收音機。妳還記得去年夏天某處的自由學校，被住在裡面的一個少年放火燒掉的新聞嗎？

學校好像要復校，有個男老師在接受訪問，說著自由學校的重要性、關於多起少年犯罪的種種，我無意識聽著訪問時，剎那間覺得心臟怦怦跳得很快。

為什麼呢？為什麼心臟會跳得這麼急？……對了，這聲音跟當時那個男人好像。

但是，男人的聲音除非有明顯的特徵，否則聽起來可能都差不多。

事實上，那個人的聲音很普通，只不過說話字正腔圓，很容易明白。但就像高中或國中時，學校裡也有兩、三個這種聲音的老師一樣，並不算特別。會不會是想抓出兇手的念頭，才讓那聲音聽起來特別像呢？我覺得腦筋快錯亂了。

不過，這則新聞還有另一個讓我疑心的地方。在鄉下，像晶子那樣躲在家裡的小孩有好幾個，可是他們都不會到那種地方去。然而，我卻對「自由學校」這個名稱感到熟悉，是因為被英未理當成小偷的那天，英未理告訴我，有個想建這種學校的人到別墅來。

那棟別墅最後還是沒賣掉，五年前被拆除了。那天，我丟下英未理先回家，所以沒遇到。但房地產公司的大叔在年度結算前，到我家來詢問有沒有意願買下那塊土地，因而跟我打過招呼。由於離家很近，我便決定到車站前那家房地產公司探個究竟。我想反正是打發時間，沒有太多期待，不如說尋找與姊夫、寶寶的新居的意願還強些。

大叔看到我大著肚子，以為是來找新房子的，似乎有點期待。不過，當我說想打聽十五年前為了成立自由學校來參觀的那位先生時，他顯得非常失望。

大叔是這麼說的：

「那個人告訴我，雖然自由學校蓋在鄉下，但進來的都是都市的問題孩子，如果沒有配合的交通工具就不行。不過，經營那種學校真不簡單哪！還被人放火呢！在電視上看到他，嚇了我一大跳。」

聲音像兇手的人在命案發生的兩個月前，曾經來參觀過別墅？儘管我在去之前也想過，如果真是這樣，那可是大新聞呢！但是當它真的發生時，我反而不敢相信。那該怎麼辦好？把這件事告訴姊夫吧？我的腦袋一片混亂。

然而問題是，只有這點消息又能怎麼樣？即使我說，命案兩個月前來到小鎮的某人聲音，聽起來跟兇手聲音很像，聲音又能算是什麼證據？而且還有法蘭西娃娃竊盜事件。

我需要更有決定性的證據，或是指紋……那時候英末理還說了什麼？她不是說過，發現寶物的是來別墅的客人嗎？那個人有沒有碰到我的書籤？從排球上有沒有驗出指紋？英末理被帶走後，我們還玩了一會兒球，所以可能性不高。但如果有驗出，和書籤上驗出的指紋一致的話，說不定就會有驚人的發展了。書籤並不是美好的回憶，但它就像是英末理的遺物，所以我一直沒丟。

我得跟姊夫說……

就在這時候，發生了一件令人震驚的大事：我姊姊自殺未遂。我回到老家時，姊姊也一起回去，在浴缸裡割腕自殺。傷口很淺，沒有什麼大礙，多半只是演戲。媽媽又在責怪自己：「把妳生成容易流產的體質，都是媽不好。」但應該不是這個原因。我想，姊姊已經發現我肚子裡懷的是姊夫的孩子。

姊夫認為是自己的錯，寸步不離姊姊，但我不知道他指的是工作上的事，還是孩子的事。總之，這不是跟姊夫談那起命案的時候，而且我已經不在乎了。就算孩子生下來，姊夫也不可能成為我的。從前的「渴望」也不再那麼強烈了，我只想自己一個人好好養大肚裡這個新生命，只有這個孩子需要我。在「十個月又十天」中，已經把我的思維轉變成一個母親。

但是，妳卻不放過我。

——好痛啊！先暫停一下……不准碰我！我不想讓妳碰我的肚子！

我不願再回想那個案子，卻收到妳的來信，是紗英自白信的影本。接著，妳又寄來部落格上真紀告白內容的列印稿和妳的信，信裡面只有一句話：

「我已經原諒妳們了。」

妳這話太奇怪了吧？我們對妳以及英未理，到底做了什麼錯事？妳一定是讀了紗英的信之後，認為是自己把她逼到了絕境吧？妳發現十多年前，自己一時氣憤口不擇言所說的話，竟然給其中一個孩子帶來這麼沉重的負擔，一時手足無措，驚慌之餘便把信影印了寄給其他三個人，對嗎？然而接下來，另一個孩子也殺人了。

「不可以再繼續下去了！」妳抱著這個意念寄出了信，卻來不及傳達，心裡後悔不已，於是加上了訊息。然而，第三個孩子也殺了人，那個孩子說她沒讀信。所以為了挽救最後一個人，妳直接來找我了。

妳所做的根本是不負責任的行為，妳責備自己「發生這麼多悲劇都是我害的」，但另一方面心底深處又陶醉於自己的所作所為，所以妳才會說出「原諒」這個字眼，不是嗎？

譬如說，在紗英的結婚典禮上，妳只要對她說：「那時候我說的話太過分了，對不起。」紗英就不會如此在意那個約定了。又譬如說，妳在紗英的信後附上一句：「請妳忘記當年的約定。」真紀就不會把自己逼到那種窘境。關於晶子，我不知道她受到妳多大的影響，然而以我來說，這次的事情與妳完全無關。

不過，其實妳早就來了吧？

看到真紀的證詞中出現自由學校的講師名字，我很詫異。我想，跟真紀聯絡一下好了，先找到真紀的妹妹……就在我還細細思量時，爆發了晶子的事件。紗英和真紀出事的地點都在陌生而遙遠的城鎮，所以我對她們兩人殺人的嚴重性，沒有太強烈的感受，但晶子的事件發生在那個鎮。我不是警察，就算我誤指了兇手，也沒有人會責備我，但最重要的是，我必須讓這件案子有個了結。

我叫姊夫出來，說「有重大的事要談」。我不知道他心裡怎麼解釋「重大的事」，總之一打開門，姊夫便撲通一聲跪在地上。他說：「我會儘可能給妳支援，請妳不要告訴別人那孩子是我的。」我的肚子太大，看不到姊夫的臉，但我知道他一定相當慌亂，說不定在他出門前，姊姊對他說了什麼。我的房間在二樓樓梯旁，聽到有人經過的聲響，也沒搞清楚是誰，姊夫就搶著解釋：「不是我的孩子……」我想到這個不顧自尊、向人低頭的男人竟是孩子的爸爸，不禁有種情何以堪的感慨。我何必把真相告訴這種人呢？

而且，如果到縣警局去，或許還能遇到安藤叔叔。我好後悔，怎麼之前都沒想到這麼重要的事。

跟姊夫再說下去也沒用。我說：「算了。」隨即走出屋子，正當我想踏出去時，他冷不防從後方把我緊緊抱住。當然，那並不是愛的表現。「拜託妳，千萬不要對真由說。」他以為我要去姊姊的住處。我被緊箍著，推到樓梯口。

姊夫想殺了我。不，他想殺的是我肚裡的孩子。儘管那是他的孩子，但為了心愛的姊姊，他什麼事都做得出來。我絕不容許他為了姊姊，把我最重要的寶貝奪走。

但不管我怎麼生氣、不管我多想保護孩子，瘦長的姊夫畢竟是個男人，而且還是警官。無論我再怎麼掙扎，都沒辦法從他的臂彎中脫身。我被擠到樓梯邊，單腳懸空，心想：「這下完了。」突然，背心裙口袋裡的手機響了，是一部警探名劇的主題曲。那瞬間，姊夫的手鬆了一下。

說時遲那時快，我扭過身體，用空著的那隻手奮力朝姊夫胸口推過去。

——抱歉。我姊姊傳簡訊來。

她說我姊夫好像不行了。

那時響起的電話是妳打來的。姊夫從樓梯上摔下去後，我打開手機叫救護車。看到一則未知號碼的未接來電，雖然疑惑，但我還是先叫了救護車，向到場的救護員說明狀況。

都是我的錯。我想到一件事，可能是十五年前殺人案的線索，所以請擔任警官的姊夫過來商量，然後一起去警察局。因為一時心急，我踩空了樓梯……姊夫為了救我，自己卻沒踏穩而摔了下去，對不起，對不起……

我邊說邊哭的時候，肚子又疼了。雖然時候還早，但他們還是讓我上了救護車進到醫院來。之後，我馬上接到妳的電話，妳說妳在附近，能不能見個面。雖然妳到醫院來見我，但我在猜，妳會不會早已去了我家，並且看到整個經過呢？因為再怎麼說，在那個時間點打電話來實在太巧了。

……果然沒錯吧？

妳很慶幸救了我嗎？還是看到最後一個人終於也殺了人——而且是在自己眼前——所以無法忍受？無法忍受嗎？那麼，妳為什麼不早點出來叫我？妳來到公寓前，看到有男人到我家，所以抱著看好戲的心情想觀察一下嗎？

到頭來，妳對我們的歉意根本不是真心的吧！也許妳還在恨我們，認為英未理被殺是我們的錯。

可是我覺得，我們四個恐怕只是單純被連累罷了。那個兇手並不是從我們五個人中挑選了英未理，有沒有可能一開始就鎖定她了？而且，他會不會還跟那時的寶物——戒指有關係？他會不會跟戒指的主人——妳也有關係？

有沒有可能，妳早就認識那個自由學校的南條？

證據就是……那對因為預產日而吵架的夫妻朋友曾告訴我一個八卦消息，英未理跟她爸爸沒有血緣關係。不久前，公司換了社長對吧？那時候謠言四起。謠言或許只是謠言，但我覺得未必不是假的，而且這並不只是孕婦的直覺。

比如說，英未理的丹鳳眼跟你們夫妻倆都不像。從遺傳上來看，這道理說得通嗎？還有，妳找我們出來時這麼說過：只有身為英未理母親的我有這個權利。只有我有……

我把書籤交給妳，但不知道它能不能成為證據，就當作妳救我肚裡這個孩子的謝禮吧……我一直認為，只有我沒有受到影響，但也許妳說的話還是把我困住了。

到此，我們四個算是都完成了跟妳的約定嗎？那妳打算怎麼做？的確，妳有錢也有權，如果妳要告訴警察是我把姊夫推下樓，我也無所謂了。要怎麼做，決定在妳，但

如果，妳們犯了罪都是我的錯，我該怎麼補償妳們？

我以為只會生活有點不方便，但去到那個鎮，看到出乎想像的荒涼景象，我幾乎當場就想轉身回東京了。物質上的不便當然令我不滿，但我更討厭的是這個鎮封閉的居民，因為他們把我們當外國人。

就拿買東西來說吧！走在街上，他們先把我從頭頂到腳底打量一遍，然後竊竊低語道：「今天也穿得這麼華麗，不知道是不是去吃喜酒。」把我當成了傻瓜。到超市，每當我問：「沒有賣××嗎？」對方便咂咂舌說：「都市人真有錢。」我問的並不是什麼珍貴商品，而是牛腱、卡門貝爾乳酪、罐裝紅酒牛肉醬、鮮奶油……只不過這種水準的東西，就被當作愛擺架子的闊太太。

即使如此，為了我先生，我還是努力迎合。若不是他的立場很重要，我應該不會想辦法化解隔閡，不過成為新工廠的負責人，又是另一回事。我必須加緊努力，讓足立製造廠早一天為鎮民們所接受。

記得全鎮大掃除嗎？那個活動，我也參加過一次。我跟公司宿舍的太太們說：「公布欄上雖然寫著自願參加，不過大家還是積極參與鎮上的活動吧！」拉著她們去參加。可是到達公民館前的集合處時，鎮上居民的態度卻是——

「各位都市的貴夫人不用特地來參加啦……穿那麼漂亮，妳們以為是來做什麼的呀？」

硬是被潑了盆冷水。其實我就是抱著清水溝也做、髒也無所謂的決心，特地穿著襯衫和牛仔褲去的呀。而且鎮上的人並沒有穿著戰時常用的工作連身褲，雖然很多人穿體育服，但年輕人當中，也有好些人跟我們相同打扮。我想，就算我們穿上體育服，他們也會說一樣的話吧！總之，因為鎮民說我們「又白又嫩的手弄髒了可不好」，於是他們去路旁、河邊割草，卻差遣我們這些外人到公民館擦窗戶。

對鎮民態度感到不滿的並非只有我。宿舍的太太們常常在走廊吐苦水，她們漸漸集結，在舊工廠時不太來往的人開始定期舉辦茶會，變得親密起來。

可是，她們幾乎不曾招待我去茶會。

每當我喜愛的西點行推出新品點心，母親就會寄給我。偶爾我會邀請宿舍裡的太太來家裡，但是話題總是熱絡不起來，而且之後，她們也沒有回請我。我有些不滿，因為我也想一起發發這個鎮的牢騷、商量孩子的補習和學業呀！但再多想想，這個結果也是理所當然，因為她們也會說公司的壞話。

為什麼要在這種地方蓋工廠呢？我的新家才剛完工不久呢！好不容易請人幫我介紹了一家優質補習班呢！那些抱怨就算不在耳邊說，我也聽得到。

封閉的小鎮裡，還存在著另一個封閉的小圈圈，而兩邊我都不得其門而入，這就是我當時的情形。

在東京的時候，我並不是這樣的。我會在多年老友圍繞下談笑風生，完全忘了時間。談的是喜愛的名品店和餐廳、戲劇觀感和音樂會，絕對不會說到雞蛋特價的話題，朋友裡沒有人嘴上掛著柴米油鹽，每個人都為了磨練淬鍊自己而不遺餘力……在我周圍、帶給我繽紛氛圍的，是與我一同度過璀璨歲月的朋友。

妳們四位各自以不同的方式，告訴我事件發生後自己的境遇，雖然我感到同情，卻沒法對妳們任何一個人感同身受，甚至連想像都有困難。

為什麼這些孩子不穿漂亮一點？難道她們不和朋友出去玩嗎？難道她們不想享受人生嗎？假設我處在和妳們一樣的境遇中，我的人生會是什麼樣呢？

我也有青梅竹馬的好友，或許因為是私立學校，放學後或假日時，我不記得曾在小學校園裡玩過。但是，我們會在家附近的公園玩。如果在那裡遇到一個陌生男人，他帶走、殺害其中一個朋友，我會因為那個兇手未能逮捕而多年惶惶不安嗎？受到被殺朋友的母親激烈地指責，我會永遠無法釋懷嗎？

我覺得應該不會像妳們這樣受到如此巨大的影響吧！

我也有個親密好友過世。她也許是我害死的！有段時期我很嚴苛地責備自己。但是，日夜為它煩惱也於事無補，更重要的是為未來的幸福著想。

於是，我將它做了了結，繼續活下去。那年我二十二歲，比現在的妳們更年輕一點。

與秋惠變得熟稔，是大學升大二的春天。我們就讀的女子大學是所謂的「千金學校」，英文系裡有半數都是從小學就一路直升上來的，我也是其中一人，但秋惠是參加大學考試進來的。曾有一次她提到故鄉的名字，那裡既非觀光名地、也沒有著名產業，是個連聽都沒聽說過的小地方。

我在大學裡一向投機取巧，只有考試前才在課堂露面，天天都在玩。她則是個天天不缺席，坐在最前面抄筆記的好學生。考試前，我找她攀談是為了想向她借筆記。儘管跟我幾乎從未照過面，然而她還是沒有絲毫不悅地答應了我的請求。

筆記內容充實的程度，幾乎讓我想丟掉厚重又無用的教科書，明年直接用她的筆記上課。剛開始，我只想請她在校內的咖啡館吃客蛋糕當作謝禮，但實在太不好意思了，就把偶然得到的兩張演唱會的票，分一張給她。

票是我男朋友之一送我的，因為並沒有答應跟他一起去，找秋惠去正好。

她看上去一本正經的，我有點擔心她對傑尼斯是否有興趣，沒想到她很喜歡少男偶像。「哇！這不會是真的吧？我最喜歡他們了。我才不過借妳筆記而已，真的可以送我嗎？真不好意思。」她興奮極了，還請我喝了茶。

但是到咖啡館吃蛋糕，她似乎也是第一次，而且感動莫名，還說是第一次吃到這麼好吃的蛋糕。

這讓我對她產生了一點興趣。

演唱會那天，她打扮得比平常稍微亮眼一點，不過鞋和皮包用的依然是平常的舊貨。我本來就對偶像沒什麼興趣，看著舞台上偶像團體又跳又唱的時間，還不如盯著隔壁她奮力跳躍的腳來得多。她怎麼能滿不在乎地穿著這雙破鞋呢？如果是我，家裡只剩這雙鞋，我寧可不出門。她這套衣服該配哪雙鞋？前幾天發現的一雙綠短靴可能還不錯。

對了，不如找她去買東西？平常與她為伍的都是從外地來的女孩，她一定不知道時髦的服飾店在哪裡。而且，我也想帶她去吃蛋糕，因為她連學校咖啡館裡的蛋糕都說好吃，如果帶她到我喜歡的店去，她一定更高興。

我一開口約她，她便很開心地同意了。我問她：「這雙鞋怎麼樣？」她眼中閃著光芒看著鞋說：「真的好漂亮。」又說：「我妹妹的生日快到了，我想買件漂亮的文具給她。」我帶她到生活雜貨商店，她央求我：「麻子，妳的眼光好，可以幫我選嗎？」帶她去吃蛋糕，她感激地說：「從來沒吃過這麼美味的蛋糕。」

我還介紹她認識一起玩樂的男朋友，大家一起兜風、喝酒。秋惠酒量差，剛開始她露出猶豫的表情，不過因為男生們既英俊、嘴又甜，她便漸漸卸下心防說：「麻子，妳的朋友都好棒哦！」她說。我告訴她：「妳也是我珍貴的朋友之一啊！」她燦爛地笑了。

我快樂得無法形容。

從小到大，別人為我服務一向是天經地義的事，我從沒想過去取悅別人。每當男朋友們送禮物給我，我常會想，他們為什麼會想做這種事呢？又得不到什麼回報。後來我想通了，因為他們喜歡這麼做。

秋惠只不過開心地說：「謝謝」，我就感到萬分滿足。我想，啊，我可能屬於付出型，而不是接受型的吧！

如果跟二十五歲的妳們在另一個時空認識的話，比如說，英未理還活著，把妳們當作朋友介紹給我，我或許會送禮物、提建議給妳們每個人。

紗英皮膚白皙、五官分明，所以把頭髮剪短了，看起來會沒什麼自信。把耳朵露出來，戴上大大的耳環怎麼樣？前陣子我發現一件很漂亮的耳環，給妳當作禮物，下次約會戴戴看好嗎？

真紀個子高，反而不能穿太低跟的鞋，而且當老師也不能太樸素。對了，加一條領巾如何？妳的脖子修長，應該會很適合。

晶子，妳得多到外面走走。妳喜歡可愛的東西對吧？好多家可愛的店，我都想帶妳去。但是那麼多店，也很傷腦筋，一天逛得完嗎？對了，我朋友在開花藝教室，我們一起去看看吧！

由佳的手非常漂亮，不好好照顧太可惜了。去過指甲沙龍嗎？本來我想送妳戒指的，但我送了，妳也未必高興吧！

聽我說這麼多，英未理一定會打斷我：

「拜託，媽媽，別再說了。每次有朋友來妳都這樣。真的很囉嗦耶！紅茶和點心都夠了，妳快點出去啦！」

然後，把我趕出房間……

這麼說來，在命案之前，妳們也來過我們家吧！雖然只有一次，但我記得很清楚。妳們不太會用叉子吃蛋糕，我有點擔心這些孩子適合當英未理的朋友嗎？但是那天晚上，真紀的母親打電話來道謝：「今天謝謝您的招待，孩子說吃到可口的蛋糕非常高興。」在超市遇到其他三位母親時，她們也一再感謝我。沒想到這些孩子的家教還真不錯，讓我另眼相看。

但是，其實妳們一點也不高興對吧？秋惠也是一樣。

只要我開口邀請，秋惠一定跟我去。不過，她雖然會穿上流行的服裝，卻總是穿著那雙破鞋。「我上次建議的那雙靴子，妳不想買嗎？」她說：「漂亮是漂亮，可是太貴了，等我打工的薪水撥進來，再去買雙相似的鞋。」直到那時，我才知道她在餐廳裡打工。

「鄉下的爸媽幫我付了高額的學費，所以零用錢我得自己賺。」她這麼說。我從前從來沒想過學費這件事，說真的，連學費到底多少錢，我都不清楚。不過，我從小認識的好友都是如此，既沒有人去打工，而且還覺得那是可憐的窮孩子才會做的事。

我同情秋惠，所以買鞋子給她。送禮物不為生日或聖誕節等固定節日，而是為了讓朋友開心，這才是朋友的意義呀！我綁上緞帶，插了一張卡片，上面寫著「友誼的證明」，寄到她的公寓。

去學校的時候我充滿期待，她會穿來吧？會不會問我該配什麼樣的衣服？可是她沒穿來。會不會還沒寄到？還是太寶貝了，捨不得穿？但是她卻原封不動地把鞋還給我，她說不能沒有理由收下這麼高價的禮物。我無法相信，本以為她一定會很高興的。我說，妳不用客氣。她回答，不是客氣。

一還一拒之間，我漸漸惱火起來，為什麼她不了解我的心意呢？

「妳太奇怪了，我請妳吃過飯、還介紹朋友給妳，為什麼只有鞋子不收呢？如果妳認為這雙鞋不能收，那下次妳請我吃飯，介紹朋友給我呀！可是不好吃的我不去哦！而且朋友也要異性才行。我都介紹五個朋友給妳了，妳也介紹五個給我認識。」

我並不是真心想讓她請客，也沒想讓她介紹男朋友。故意說這些秋惠做不到的事只是想刁難她，讓她收下我的鞋。

可是，第二週她真的請我吃飯。一個簡陋的小酒館，最裡面的一張桌子，坐著五個男人，而他，也在其中。

他和秋惠在同一家餐廳的廚房裡打工，比我們大兩屆，其他四個人都是教育系的同學。

「我聽秋惠說，要和一個美女一起吃飯，所以拉了幾個臭男生來插花。」

雖然他開玩笑地說著，但他們看起來都是刻苦又實在的學生。小小的店面，沒想到端上來的菜卻很好吃。剛開始大家談著自己的家鄉還算熱絡，但不到半個小時，氣氛開始沉悶起來了，因為我跟不上他們的話題。

這幾個教育系的學生熱烈地討論國家的教育，他們侃侃說起那個時代連想都想像不到的寬裕教育❻。他們舉出因為沒考上學校而精神失常或打算自殺的同學為例，認為應該設置一個空間，讓輟學生能重新站起來。

秋惠沒有發表意見，但也很專注地聽他們說話。覺得沉悶的只有我，因為我身邊從來都沒有吃過考試苦頭的人，只有升小學前受過形式上的考試和面談，之後就一路直升大學了。雖然沒有特別優異的同學，但也沒有人跟不上。

隨著他們的話題越來越起勁，我卻漸漸生起悶氣來。我的男朋友怕我悶，總是會找話題逗我開心。這些人是少根筋嗎？大家雖然都說是外縣市的人，但是難道鄉下人就不會找些有趣的話題嗎？

這時候，他找話跟我攀談。

「我們只知道鄉下公立學校的情形，私立女校有什麼樣的課程？有沒有特別的課，或是有趣的老師？」

總算問到我能回答的問題，我說起中學部的理科老師超愛散步，天氣好的時候會在戶外上課，教我們四季的花草、昆蟲的名字、葉子為什麼會變紅、什麼時候看得到彩虹，學校牆壁雖然是白色，卻又不是白……令我驚訝的是，不只是他，其他人也都認真地當起聽眾。

照理說鄉下人對大自然一點也不稀罕，可是為什麼他們這麼有興趣？我反而被嚇到了。果然，他們各自說起自己的童年往事：踢罐子、玩不倒翁、水田裡抓螯蝦、原野上的秘密基地……

沒有一樣是我玩過的遊戲。英未理跟妳們在一起就是玩這些吧！

❻指減少國語、英文、數學等考試重點科目的授課時數和內容，是改變考試取向的一種教育政策，已於一九九二年在日本全國實施。

我想把英未理培養成菁英，我認為這是我的義務，所以當她還不太會說話，就送她上才藝班或英語會話學校，讓她學鋼琴和芭蕾。聽起來我可能像個凱子家長，可是英未理很聰明、吸收快，不論什麼馬上就學得會。外人視為一大難關的小學，她也輕鬆地就被錄取了。

這孩子未來會成為什麼樣的人呢？我常在想，不管我作的夢有多偉大，英未理都能實現呢！

就在這時候，我們轉調到鄉下。我父母勸我跟英未理兩個人留在東京，外子也不反對，可是我決定一起搬去。新工廠的業績，將會影響外子今後在公司的位置，在這個重要的關鍵時期，我想在外子身邊支持他。不過這些都比不上英未理的一句話：「我想跟爸爸一起去。」英未理很愛她爸爸。

外子說新工廠的任期是三年到五年，能在空氣乾淨的鄉下生活幾年，也許會很快樂。由此可知，我並不是抱著反感去的，然而最後就像一開頭寫的那樣。

果然不該來的。我每天都在後悔，但看到英未理，又覺得這樣或許對她比較好。

我對鄉下的認識可能太天真，我以為鄉下即使沒有太特別的課程，但英未理去上的補習班應該都有。然而，鎮上只有鋼琴班，而且老師不但畢業自一所名不見經傳的音樂大學，甚至連演奏會都沒開過，水準之低，令我興起不如自己教還強些的念頭。學業方面，有一所個人經營，給五、六年級上英文、算術的補習班，但那裡的老師也不是出自什麼名門大學。

在這種環境下，如果未來想考進某種程度的大學，雖然本身的素質不可少，不過還需要更多的努力才行。她可能會變得精神失常，或是因落榜而想自殺。宿舍裡的同事中，也有人早早就有危機感，送自己的孩子到電車單程兩小時以上大都市的補習班就讀，但抱怨交通費比補習費還高。

十多年前在小酒館聽到的話，我似乎有些懂了，所以我不想再勉強英末理。既然搬到鄉下來，做這裡能做的事就好，而且英末理似乎也很喜歡這裡。

她從學校回到家，把書包丟了馬上就出去，玩到太陽下山才回來。回到家之後說的也淨是跟妳們玩了些什麼，看到螯蝦啦、在校園踢罐子啦、走到山邊去但做些什麼不可以告訴我等等。

她也告訴我關於妳們的事。紗英最乖巧，可是很堅強，真紀是幾個孩子裡最用功的，晶子最擅長運動，由佳做勞作最拿手。很驚人吧！那丫頭非常仔細地觀察妳們。

她跟我完全相反，不但一下子就習慣鄉間生活，還交到了幾個好朋友。我一直以為那是因為我是獨生女，但現在想來，還是因為流著他的血吧！

去小酒館的隔天，秋惠收下了那雙鞋。

「對不起，我好像太彆扭了，這個可以讓我當作我們友誼的紀念嗎？」

什麼嘛，原來還是想要啊！後來我們也偶爾兩個人一起出門，但我不再像以前那樣純粹只為討她歡心而買禮物。奇妙的是，我的男朋友們也開始對秋惠頻獻殷勤。對他們來說，秋惠是生活周遭少見的奇葩，一時之間，秋惠大受歡迎。我雖然覺得他們只是一窩蜂，不過確實有人背著我找她單獨約會。

而秋惠介紹的朋友則正好相反，他們都對我特別好。剛開始可能誤以為我是個很難伺候的大小姐，可是聊過天之後，感到既爽快又自在，所以有個人說，下次同樣成員再聚會吧！於是基本上每星期都會見次面。有一次為了去海水浴場，就到了其中某人的家鄉去玩，那時候大家都很照顧我，不時關心我：「會不會無聊？」「會不會渴？」

我漸漸也覺得，跟他們在一起比跟我那些男朋友來得有趣。不只是因為對待我的方式，而是他們每次為教育理念爭辯的身影充滿了生命力，深深地吸引了我。其中，最讓我心儀的就是最初找我說話的他。

他雖然是第一個關注我的人，但等大家都對我釋出善意後，就跟我維持某個距離了。不過，我猛然察覺到自己的眼中只有他，他說的話我也最贊同。本以為教育系學生對教育那麼熱情，大家應該都想當老師吧！但想當老師的卻只有他，其他人則想成為公務員來改變教育體制。「連講台都沒站過，談何教育改革呢？」他總是一個人抱持反對意見，所以使他的身影分外堅定。

我喜歡他。我很確定自己的心意，但不知道該怎麼做。我想到的辦法就是直接說出來，然而我從沒有向男人表白的經驗，因為一向都是對方先表白，而且我從來沒有遇過一個人那麼讓我傾心。

如果我確定他也喜歡我的話，也許我就能說得出口了。不過我對他的心意沒有把握，於是我決定請秋惠幫忙。我想他們在一起打工，兩個人獨處的時候，請她幫忙問問他對我有什麼看法。

可是，秋惠卻拐個彎拒絕了。「那種事我不太在行……」

這點小事為什麼不幫忙呢？我有點不高興，可是站在她的立場一想，如果對方的回應不太理想，我恐怕也會後悔答應這件事吧！站在她的立場……想到這裡，一個主意閃過腦海。如果先幫秋惠和我的男朋友們配對，再讓她為了感謝我而幫我做那件事呢？我很了解她禮尚往來的性格。她不會只顧自己幸福，而拒絕我的請求。

我叫出其中一個男友，因為我知道他有意想得到秋惠，所以我向他挑明了說。

欸，你喜歡秋惠吧？不用在意我，想追就儘管追啊！秋惠應該也不討厭你才對，因為你跟她喜歡的偶像長得很像，可能是怕被你拒絕，所以才不好意思主動約你吧！秋惠這女孩越喜歡的事越彆扭，所以你的進攻要主動一點。她不太會喝酒，你說想找她商量我的事，兩個人單獨喝幾杯，再把她撲倒，後面應該就會很順利了。

作戰計畫大獲全勝，我和他成了一對情侶，然而這只是我片面的想法。一向都是這樣。

妳們成為英未理的朋友，我十分欣喜，而且我期待著透過妳們，也許能跟妳們的母親以及這個鎮的人拉近距離。然而，妳們根本沒有接納英未理，對嗎？

英未理遇害之後，我才心痛地認清這個事實。

抵達鎮上的那天，遠遠聽到〈綠袖子〉音樂的時候，我感到很疑惑。是不是有什麼活動呢？那哀傷的旋律正好表達我的心情。為我們帶路的工廠女事務員說，這是報時音樂，由公民館的擴音機播放，中午十二點是〈小白花〉，傍晚六點是〈綠袖子〉。其他像是發布警報或是有緊急狀態時，也會在全鎮放送，請多注意聽。原來，鎮公所對全鎮居民的聯絡方法，全靠一支喇叭。這個鎮小到這種地步，我心裡不覺悲哀起來。

不過，報時音樂相當方便。小孩子玩得正起勁時，就算戴著手錶也不會看，但有了音樂，就一定聽得到。英未理每次出門，我的口頭禪就是「聽到音樂響時就要回家哦」。

那天，我準備好晚餐，便聽到〈綠袖子〉了。盂蘭盆節假期間，工廠還是部分開工，外子去上班，家裡只有我一個人。這時門鈴響了。「英末理回來了。」我這麼想著打開門，門外站的卻是晶子。

英末理死了。

不入流的惡作劇，我想。因為兩個多月前，英末理不時會問我：「人死了會怎麼樣？」或是：「如果遇到痛苦的事，可以死了再復活嗎？」所以才和朋友串通好，躲在門後面測試我的反應吧！我明明再三告誡過：「死這個字，就算開玩笑也不能說。」所以有點生氣。

可是英末理並沒有躲起來。難道是車禍？在哪裡？小學的游泳池？

那孩子會游泳呀！怎麼會呢？為什麼會是英末理?!

我腦中一片空白，剎那間浮現出秋惠的臉……我頭也不回地衝出去。別帶走我的英末理！

到了游泳池，我只聽到孩子的叫嚷，分不清是哭聲還是喊聲。那是紗英，她抱著頭蹲在更衣室前，我上前問：「英末理呢？」她臉也沒抬，指指後方。

更衣室？不是掉進游泳池嗎？我舉目朝微暗的室內望去，英末理躺在地上。在防滑板上，她頭朝外地仰躺著，身上既沒沾濕，也沒有受傷的樣子。她的臉上蓋著一條可愛貓咪的手帕。哎呀！果然是惡作劇，我頓時感到雙腳發軟。

我已經沒了生氣的力氣，揭開手帕，英末理的眼睛睜開著。「妳還要鬧到什麼時候？」我用手指碰碰她的鼻尖，竟是涼的。再用整隻手掌靠在口鼻之間，但感覺不到一絲氣息。我抱起她，在她耳邊一再呼喚她的名字，可是她的眼睛眨也不眨一下。我搖她的肩呼喊著，但英未理就是不肯醒來。

我無法相信。儘管辦了喪禮，我仍舊不願承認英未理已死的事實。死去的是別人，或者說，死的是我自己。

在不知晨昏、漫漫流逝的時間中，我問了外子無數次：「英未理在哪裡？」他總是平靜地告訴我：「英未理已經不在了。」就在不知道問第幾次的時候，我看見從來沒在我面前哭過的外子眼中溢滿了淚，直到那時我才真正體認到，英未理真的不在了。

「為什麼？」我開始反覆地問這個問題。為什麼英未理非死不可？為什麼要勒死她？為什麼非殺了她不可？我想直接聽聽兇手怎麼說。我盼望兇手能早日就逮。

一定馬上就能抓到吧！因為目擊者最少有四人。

然而，妳們卻異口同聲地說：「記不得長相。」我真想給妳們每個人一耳光，如果真的還想不起來，那我也沒話說，但是，根本看不出妳們有努力回憶的樣子。不只是臉，妳們默默地看著英未理一個人被陌生男人帶走，間隔了一個多小時，卻沒有人在供述證詞時露出半分歉意。朋友都死了，妳們也不哭泣。

因為妳們並不悲傷，對嗎？

看著妳們，我暗忖著，這幾個孩子雖然知道發生了大事，卻完全不同情英未理。如果被帶走的是別人，而不是英未理，也許她們不會讓她一個人去；也許她們會因為擔心而更早過去看看；也許她們會更悲傷、更努力地去回想兇手的臉。

不只是這幾個孩子，連她們的父母也是。當外子和我到各家拜訪，請求他們「再多告訴我們一點命案當天的訊息」，是誰的家長嘀咕說：「你們又不是警察。」是誰的家長高聲怒吼著：「請別再傷害我們家的孩子了。」舊識的夫婦同樣去拜託，也得到了相同的回應吧！

應該說，整個鎮的人都一樣。那天，全鎮愛看熱鬧的人都來到了學校，卻幾乎沒有任何有力的情報。連不認識的太太都知道我在超市尋找卡門貝爾乳酪，卻蒐集不到一點關於殺人犯的資訊，實在匪夷所思。如果被殺的是這個鎮的孩子，肯定會把素行不良的人全揪出來通報吧！

更可惡的是那個鎮內廣播。從兇案發生後的一段時間裡，每天到了晨昏、上下學時間，就會播放：「各位好孩子，請盡量不要單獨行動，在外務必和家人或朋友同行。」或是：「如果有陌生人搭訕，千萬不要跟著他走。」可是為什麼不播放「如有命案知情者，不論多小的訊息，都請向警察通報」呢？

沒有人！沒有人為英未理的死感到悲傷，沒有人了解我這個受害母親的痛苦。

因為蒐集不到兇手的情報，我也曾懷疑過，會不會是妳們殺了英未理呢？因為妳們殺了人，所以四個人套好說詞，塑造出一個不存在的兇手。為了怕出紕漏，所以就說不記得長相。鎮上的人都知道實情，所以幫妳們掩飾，被蒙在鼓裡的只有我，只有孤零零的我。

妳們四個出現在我夢裡，每晚輪流勒殺英未理，殺她的時候還發出奸惡的笑聲，然後用同樣的表情對我說：「我不記得他的臉。」宛如大合唱般一次又一次地說。

等我意識過來時，自己正握著菜刀，光著腳站在街上。

外子見我半夜突然出門，緊追上前問道：「妳到底想幹嘛！」我說：「我要幫英未理報仇。」「可是兇手還沒有找到呀！」我尖叫：「兇手就是那些孩子！」「不可能是那些孩子，因為……」外子說到一半頓住了，我知道他不想把英未理遭到性暴力的事說出來。

但是，就是那些孩子殺的！

我吶喊、嘶吼……之後就不記得了。也許我失去意識，也可能被宿舍的人抓住，強迫灌下鎮定劑。

我變成沒有鎮定劑就活不下去的人，外子要我「最好回娘家住一段時間」，可是我拒絕了。如果不來這個鎮，英未理就不會被殺。英未理是在這個鎮遇害的。就算恨透了這個鎮，我也一步都不想離開，因為如果我一走，這個殺人案就會被遺忘，若是如此，永遠也抓不到兇手。

而且，我對妳們還沒有絕望。當我漸漸恢復理智，想起妳們也只是十歲的女孩。一再強迫那麼小的孩子回憶、回想，實在為難她們。她們現在的心情起伏不定，等她們冷靜下來，說不定會想起什麼，說不定她們會為英未理感到悲傷，說不定至少會有一個人，在祭日那天來捻個香。

然而，過了三年，妳們還是說同樣的話。果然，殺死英未理的就是妳們四個。於是我說：

妳們是殺人兇手。如果不找出兇手，或是補償到我滿意為止，我會報復。

一個成年人對國中一年級的女孩說出這種話，也許我真的很卑劣。但是，我覺得如果我不這麼說，妳們就會把英未理忘了。要知道，目擊者只有妳們四個呀！

而且我以為，就算我說了這麼過分的話，等我離開這個鎮的第二天，妳們就會把整個殺人事件忘到腦後了。

所以，雖然我一秒鐘也不曾忘記英未理，但決定把那個鄉下小鎮忘得一乾二淨。

東京有我的家人、好友，大家都來安慰、問候我，也有很多調整心情的地方。但是最能撫慰我的也許是孝博——除了紗英，其他人都不知道他是誰吧！

住在那個鎮的時期，他是唯一關心我的孩子。

外子的堂哥和堂嫂也在足立製造廠工作，他們與我家在同一時期遷到那個鎮上。雖然是親戚，但由於對方的太太也在上班，夫妻感情不睦，所以我們幾乎沒有什麼來往。就算是孝博，雖然聽說他聰明過人，但是看人的眼光總是冰冷，在宿舍走廊遇到時，也不會打招呼。

然而，就在命案發生一段日子後，他一個人來我家。

「真抱歉，你們家發生這麼嚴重的事，我卻因為回東京沒能幫上忙。嬸嬸，妳可以告訴我命案當天的事嗎？不想講的事，妳可以略過。我想去學校問問其他人，看他們有沒有什麼線索。」

問這些話之前，他還在英未理的牌位前上香合十。來到我家致哀的孩子只有他，我很欣慰。他問起英未理遇害與法蘭西娃娃偷竊案的關係，不過，法蘭西娃娃跟我家沒有關聯，只是鎮民們傳播的謠言，根本找不到兩案是同一人所為的證據。於是我也這麼回答他。

從此之後，他經常來我家，雖然並沒有帶來任何有力的情報，但他願意關心那件事和我，光是這樣就讓我很高興了。

我們兩家回東京的時間也相差不遠，後來他也不時會上門拜訪。「嬸嬸家就在我上學的途中，想到有美食可吃就繞過來了，不好意思。」

他總是露出歉意這麼說，但其實我很開心能見到他。只是聊聊學校發生的小事，就讓我感到莫名喜悅。

英未理上小學之前，我在補習班認識了一個投緣的母親，有次我們談起男孩好還是女孩好。我說當然是女孩好，可以幫她穿可愛的洋裝，母女可以像朋友一樣談心、買東西等等。「我以前也這麼想，」那位母親說：「可是現在有點變了。」

她有兩個孩子，老大是女兒，老二是兒子，與英未理同歲。她這麼告訴我——沒有小孩時，希望有個女兒，因為等她長大，就可以像朋友一樣，所以生下女兒時我非常高興。然而，後來生了兒子才明白，女兒最多只是朋友，儘管喜歡，多少都會有些爭執。可是兒子是情人，即使是自己的孩子，也是異性呀！所以沒什麼好爭的。我願意無條件地把一切都給他。相反地，只要他說點甜言蜜語，就讓我精神百倍。聽女兒說起男友的事會為她高興，但兒子說起女朋友的時候，心情一定會有些複雜吧！

聽她這麼一說，我也開始想像如果英未理是男孩，會是什麼模樣。出生的時候，她與我像極了，不久後便漸漸開始像她爸爸，有時像得讓我寒毛直豎。如果是男孩，我或許會不假思索地抱緊他，或許也會比現在更強烈地想把英未理栽培成菁英。

事到如今都已經無所謂了。不管是男孩也好，女孩也好，只要她還活著我就滿足了。

這話題雖然沒了後續，但我不知不覺地把孝博當成自己的兒子看待。當我問他有沒有女朋友啊？他笑著打馬虎眼：「一起玩的倒有幾個。」我竟也有一絲絲複雜的情緒。

他似乎常常回那個鎮，找從前的好朋友玩，所以我多少也從他那裡聽到妳們的消息。沒有什麼特別值得說的，四個人好像都生活得很正常哦！他說。剛聽到時，我很生氣，心想：「果然被我料中了。」但隨著時間過去，我漸漸認為這樣也好。該恨的是兇手，那些孩子也有她們的人生要過啊！

而且，如果英未理站在妳們的立場，我想我會對她說：「把那個命案全都忘了吧！」不知過了幾年，我才領悟到這件事，但那時候我真的誠心為妳們回歸正常生活而感到高興。

後來，孝博不再去那個鎮，我終於不再聽到妳們的事，也不再想到妳們了。我以為可以就此忘掉妳們。

今年初春，孝博來到我家，告訴我他有個想認真交往的對象，希望我幫他當個媒人。孝博要結婚了？我不覺升起一股寂寥感。但是這麼重要的大事，他能先想到我們夫妻，我十分快慰。外子也很欣賞孝博，聽到對方小姐在他客戶的公司上班，立刻一口答應下來，主動去跟對方的主管聯絡。

然而，聽到對方的姓名時，我十分震驚。怎麼竟是那四個女孩其中之一！

孝博一開口就向我道歉，他說起某次回鎮上的時候注意到紗英，還有年尾有一天，偶爾看到她和公司的人在一塊，感覺像是命運的安排。最後他又再次向我道歉：「讓叔叔和嬸嬸想起痛苦的回憶，實在很抱歉。」

我並不覺得痛苦。孝博說要結婚的時候，我只是意識到：「哦，已經這個年紀啦？」但轉念一想不覺心驚，因為跟英未理一樣大的孩子也到了適婚年齡了，原來時間過去這麼久了。

如果英未理還活著……她本應跟最愛的人結婚的。我本應好好照顧她，直到那一天來臨的。

我叫孝博不要道歉，因為喜歡一個人，是不需要第三者允許的。

於是，兩人相了親，交往也順利進行，終於談到婚嫁。對方是那時候的女孩，應該不會請我去參加婚禮吧！我不太敢奢望地想。然而，孝博說他最想邀請的就是我們夫妻，而她一定也會這麼說。

那時候的孩子——那個鄉下女孩出落得美極了，教人難以想像。穿上白色婚紗，在公司同事們的圍繞下，露出了幸福的笑容，接受眾人的祝福。

但是當她看到我的剎那，笑容消失了，她用畏懼的眼光看著我。這反應是理所當然的。人生中最幸福的日子，眼前卻站著一個讓人憶起不祥事件的人。我對她說：

「把那件事忘了吧！妳要得到幸福哦！」

她流著淚說謝謝。頓時，我感到胸口一鬆。如果這句話能更早告訴妳們就好了，但縱使沒有機會對全體說，能在婚禮上告訴她，我真的很欣慰。

然而，紗英卻殺了孝博。

可怕的罪惡連鎖也從此開始。

最初從外子口中得知這個消息時，我以為哪裡搞錯了。那麼幸福的婚禮才舉行不到一個月，新娘紗英怎麼會殺了孝博呢？會不會其實只是意外？兩人遭到搶匪襲擊，孝博為了保護紗英而被殺了，所以紗英才愧疚地說是自己殺的。

由於命案發生在遙遠的國外，我們沒能看到孝博的遺體，只間接地聽到紗英向警方自首，宣稱「殺了丈夫」的事實。因此，我連孝博死亡都無法相信。

像自己兒子一樣的孝博……英未理遇害後，安慰孤寂的我的孝博……

如果我親眼看到遺體的話，也許我會絕不猶豫地痛恨紗英。但是，那封信在那之前便寄到我的手上。

讀著長長的信，我才知道自己一直誤解了。原來英未理被殺一直給她難以承受的重擔。命案發生後一段時間的恐懼是無可奈何的，兇手的逍遙法外，恐怕更加重了這分恐懼。然而，如果生活正常，應該能慢慢地忘懷才是。她之所以害怕到身體產生異常，是因為忘不了命案，或許也是因為一直有被監視的感覺。

我不願相信孝博是為了監視她才回那個鎮，而且還是偷取法蘭西娃娃的嫌犯，但我想紗英沒必要寫信欺騙我。然而，我不認為就此可以斷定孝博的精神異常，因為我太了解他的心情了。

在那個鎮，他也是孤身一人。在和鄉下孩子建立關係前，他的家庭本來就不健全，所以可能不懂得如何建立人際關係吧！他迷戀娃娃，所以才一直觀察像娃娃的女孩，但別因為這樣就責備他。不管他想占有紗英的動機為何，但他一定是想一輩子好好照顧紗英的。

紗英想必也漸漸了解、接受了他的心意，所以，她的身體才發出「可以成為女人」的訊息吧！然而就在那個當兒，悲劇發生了——這會不會是我的錯呢？

那天，我對妳們隨口發洩的話，她稱之為「約定」。為了這個約定，她不敢忘記命案，身體和心靈都被禁錮了。然而，就在她打算忘掉之際，我卻又出席她的婚禮，在她最幸福的時刻出現在她眼前。

儘管我要她「忘了那件事」，但在她而言，也許反而讓她連已遺忘的記憶都就此甦醒過來。

孝博被殺是我害的嗎？把紗英禁錮在那個事件裡的，是我嗎？

我想知道答案。不，我想否定它。我告訴自己，不是我的錯。如果其他三個人已經忘了命案，過著正常的生活，那就表示紗英只是一個特例。

姑且不說這點，我還是覺得必須讓妳們知道。因為讀了信之後，我猜想妳們一定也不明白命案之後的紗英抱著什麼樣的心情吧！我沒有獲得本人的許可，擅自將信影印轉寄，或許不太恰當，但妳們都是經歷過那起事件的當事人，她應該會答應吧！

不過，也許我只是更單純地，不想自己一個人承擔她的罪過，所以我把紗英寄來的信再轉寄給妳們。裡面沒有加入任何訊息，是因為我不知道寫什麼好。

我總不能寫：妳們不會有事吧？

到了這個節骨眼上，我總不能寫：千萬別胡思亂想哦！

不過，我是應該寫的。是因為我只寄了信，沒附加任何字句，才把真紀逼到絕境去的。

真紀的事件，我是從電視新聞上知道的。剛開始，我無法想像真紀會被牽扯進去。一方面那案子發生在遙遠的海岸小鎮，而且雖說歹徒侵入小學校園，但受害者只有重傷的孩童一人，應該不至於成為這麼大的新聞。然而，事件發生在小學的游泳池畔，所以我想再知道得更詳細點。

電視上幾乎不算熱門的新聞，卻在網路和雜誌上炒得沸騰起來。面對歹徒時，一位老師挺身而出，另一位老師選擇逃避，前者是一名年輕女性，後者卻是男性運動健將，這也許正是寫成有趣報導的絕佳素材。

媒體上公開了兩位老師的本名和照片，其中一人是真紀，真的讓我十分意外，不過我也感到高興。

啊！這孩子正常地，哦，不對，是努力地開創了自己的人生。她當上老師，保護學生，表示她並沒有受到命案的影響。看來是紗英太脆弱了，並不是我的錯。

然而，輕鬆的心情只維持了幾分鐘，當我繼續搜尋真紀的新聞時，發現當天的報導急轉直下。

上面寫道：真紀是殺人兇手。

電視的新聞報導說，歹徒自己刺傷了腳，後來掉進游泳池導致死亡。但網路上卻說，在歹徒企圖爬上游泳池時，真紀不斷用腳把他踢進水裡，將他殺害。

我知道網路上的訊息不能全盤接受，但也不能完全不理。我立刻打電話到真紀所在的小學，但或許惡作劇的電話太多，打去時，對方問起我的姓名和背景。我遲疑了片刻，還是說出了自己的名字，又因為沒有頭銜，便用了外子的公司和職稱，表示是真紀老師朋友的母親。對方說真紀正在學校裡，所以我請他幫我轉接。

電話雖然是我打的，可是臨時卻變得手足無措，怎麼辦呢？我的疑問有如山那麼高，但是從什麼事開始問才好呢？

正感徬徨時，真紀來接了。

後天，學校會召開家長大會臨時會議，有些話想說給妳聽，請務必過來一趟。

她說完立刻掛了電話。她的沉著聲調讓我放下心來。一方面，殺了歹徒的人不可能如此沉著，再者，她會來接電話表示還沒被警方逮捕。網路上的內容肯定是亂謅的吧！

我特地坐新幹線前往，因為我想跟她商量紗英的事。或許她正處在水深火熱的狀態，但我想，擁有自己人生的真紀一定能給我一些看法。

然而，真紀在講台上說的話，更讓我意識到自己的「罪孽」有多深重。

我好錯愕。她說她記得兇手的容貌。若是這樣，當初為什麼不說出來？大人並沒有因為她比其他人早回家就責怪她，反倒更希望她說清楚兇手的模樣。若能如此，我一定會對妳感激萬分的，也許就不會在三年後，對妳和其他三個孩子說出那麼過分的話了……不過，聽著她告白的心情，我想我無法責備真紀。

我明白她也以不同於恐懼的形式，被那件命案和我的話所禁錮了。

如果我不說那些話，如果我沒寄出紗英的信，真紀就算保護孩子，也許不會給歹徒致命的一擊……

坐在體育館後側的我受到犯罪連鎖的衝擊，恨不得立刻起身離開，然而我卻連站都站不起來。就在這時候，我聽見一個無法置信的名字。

當真紀踢向歹徒時，想起了與十五年前兇手相似的人物——而那竟會是他的名字。而且她還含糊地說，有更相像的人。

會不會她想說的是——

兇手，跟英未理非常相像。

我盼望她只是搞混了。

也許當她踢中歹徒的剎那，想起英未理的臉，因而陷入錯覺，以為自己想起了兇手的臉。

於是，她直接聯想到與英未理神似的名人。這個看法應該說得通吧！還是說我強迫自己這麼想呢？

不過，在我思考兇手是誰之前，有件事必須立刻去做，那就是阻止犯罪的連鎖。

我想把真紀在講台上說的話簡述一遍，而且這次一定附上我的話。後來當天稍晚，真紀說的內容全部刊載在某風評不佳的週刊網頁上。我的名字換成了A太太，並稱我是「神秘參謀？」。

我請了熟人幫我把文章刪除，但在那之前，我先把網頁影印了兩份，放進信封裡。

我已經原諒妳們了。

我在信末加了這句話。所以請不要做出可怕的事。殺掉另一個男人來代替兇手，並不是補償啊！——我在心裡祈禱這個願望能成真。

然而，這次是晶子殺了人，就在那個鎮，而且偏偏是自己的親哥哥……

現在已經不是寫信的時候了。

我直接朝那個鎮而去。

晶子殺了她哥哥，是為了救一個小女孩。

也許我該向晶子道歉，不是為了命案三年後的那句話，而是為了出事之後的那件事。聽到英未理的死訊，我把晶子推開跑了出去，當時我的腦袋一片空白，實際的情形如何，我完全想不起來。不過，我希望晶子明白一點，我推開她並不是因為恨她，況且我絕對不可能蓄意對晶子那麼做。

只是，逼她走到這個地步的，也許仍然是我。

她兩封信都沒拆，以為是那個約定的催促信，所以她把姪女看成了英未理。

那麼，我該怎麼做才對呢？

所幸，從晶子住的醫院，我和由佳的家人取得聯絡，知道由佳的公寓只有三站的距離，便決定直接去見她。由佳的母親隔了十幾年聽到我的聲音，起初並沒有認出來，等我報上姓名好一會兒，她才想起我是誰。

「我很了解妳想在時效之前找到兇手，可是那孩子已經快生產了，現在正是關鍵時刻。如果可以的話，能不能請妳不要見她？」由佳的母親心急地對我說。

紗英的殷鑑在前，真紀和晶子也都受到命案的影響而有點排斥男人，所以聽到由佳懷孕的消息，我有點意外。

若是如此，由佳應該沒問題囉！因為女人一旦懷孕，就會變得堅強，這一點我自己最明瞭。一個人無法忍耐的痛苦，為了保護肚裡的小生命就能忍下去。肚子裡的孩子比自己還重要，一旦她萌生出母性，就不會做出衝動的事。

不過，我不能就此轉身離開。

有張照片，我無論如何想請她看看。只要看一張照片就行了，我說。由佳的母親這才好不容易告訴我她的住址和手機號碼。

我把照片帶在身上。雖然祈禱真紀只是搞混了，但因為她嘴裡說的名字，跟我有過一段不堪回首的過去，所以我一定得去確認。

當然，我也想給晶子看，說不定晶子也記得那個人的長相，只是推說不記得。不過，別說是長相，她說她連其他特徵都沒什麼印象了，既然如此，就算看了照片也是惘然。我心裡小小鬆了一口氣，不過，她也提到同樣的名字。

命案當天來到小鎮的堂哥和女朋友說，在車站曾見到貌似他的人，而且是堂哥女朋友小學時代的老師。

我害怕一個人獨處。我去見由佳，不再是想聽到她說：「兇手不是他。」也許是希望找個人告訴她我自己的罪孽。但是，時機並不適合。沒能說的話，我想寫在這裡。

我和他交往之後，便跟秋惠疏遠了。雖說如此，倒也沒有吵架或不合，主要是因為四年級後，我們各別選了不同組，而且我和以前一樣不去學校。

他當上小學老師已進入第二年，我就像他的太太一般，把他的宿舍當成自己家一樣出入。當他去上班的時候，我就打掃家裡，準備餐點，熱中於我從沒做過的家務。我甚至還說，真想就這麼結婚一起住。

他告訴我：「等妳畢業，我們就去見見彼此的父母吧！」我快樂極了。雖然滿心喜悅，但我依舊耍脾氣地說：「口說無憑，我才不相信你呢！」於是，他用算不上多的津貼買了戒指給我，是一只鑲有我的誕生石——紅寶石的訂婚戒指。在等待他下班的空檔，我開心地不時把戒指戴在左手無名指上欣賞，再脫下來擦拭。

某一日，我的手一滑，把戒指掉進茶几底下了。我伸手去撿，但抽屜深處跳出一本沒見過的筆記，看起來像是因為藏得太深，反而被擠了出來的秘密筆記。

可能只是學習用的筆記吧！我拿了出來，翻開來看，因為我想知道他的一切。但一打開就後悔了，那是他的日記。如果只是平常的日記，我可能道聲歉，然後愉快地偷看，若寫的是我的事，我會更加快樂。

可是筆記上所寫的，是對一個無法忘懷的女人的思念。

我們倆互許的誓言難道不是永遠的嗎？

為什麼突然變了心，為什麼不告訴我？

即使知道妳背叛了我，我還是夜夜想著妳。

妳──我立刻明白他指的不是我，因為我就在他身邊呀！書寫的日期跟和我開始交往的時間重疊，我覺得被狠狠地欺騙了。我走出宿舍回到家，躲進自己房裡。說也奇怪，我的身體真的不舒服起來，蒙著頭入睡了。

沒有食慾又發燒，宛如坐在搖晃不停的小船上開始暈船一般。沒想到只不過知道他曾愛上別的女人，就讓我如此受傷，我是這麼脆弱的女人嗎？我好後悔剛才只看到一半就逃出來，說不定看到最後就沒事了。至少我可以知道那個女人的名字。確定那個女人的身分後，如果我比她強，而他又答應跟我結婚的話，又有什麼好擔心的呢？

對了，秋惠會不會知道呢？我可以問問她，在餐廳裡打工的時候，有沒有女人來找過他。

我立刻打了秋惠的電話。她說過，跟我介紹給她的男友很久以前就分手了，所以她應該能了解我現在的心情，站在我的角度聽我訴苦。

秋惠待在獨居的公寓裡。我去過一次，那個房間昏暗、簡樸又冷清。她說她正在寫履歷表，準備參加就業考試。

「麻子不去找工作嗎？哦，妳不需要，對吧？有錢人家的大小姐，靠關係就能進到理想的公司吧！真羨慕妳哦！找我有什麼貴幹哪？」

許久未見的好友，一開口卻是冰冷的攻擊，可能是找工作不順利，脾氣不太好。可是我心情正沮喪，哪受得了這種氣？我一時忍不住怒氣便說：

「對啊！因為我要跟他結婚了，等我畢業，他就要正式來我家提親哦！連訂婚戒指都買好了呢！我叫他不要勉強自己，但他一定要我收下。而且秋惠，有件事我只告訴妳，我想我好像懷孕了，所以也許等不到畢業就要結婚。我這麼幸福，多虧了妳牽的紅線啊！秋惠。」

只是身體有點不適，但那時不知道為什麼，我卻說出「懷孕」這兩個字，大概我是想安慰自己。秋惠一言不發地聽著，所以我繼續忘我地說，自己如何照顧他的生活、和他一起去看的電影。這時，秋惠突然開口：

「如果妳有空的話，能不能現在來我家？我有些話不想在電話裡談，想當面對妳說。而且，能不能讓我瞧瞧那只漂亮的訂婚戒指呢？」

看看時間，已經過了九點。我不太敢這麼晚出門，但在自我炫耀的過程中，我不覺振奮起來，覺得只去展示一下戒指，也沒什麼不好。我說我準備一下就出門，便掛了電話。

從我家坐計程車到她公寓，大約三十分鐘。那天正好是週末，路上有些壅塞，花了近一個小時才到。我敲了敲門，沒有回應。會不會沒聽到呢？轉了一下門把，門沒鎖，我便直接進去了。她的屋子只有一個小玄關和三坪大的房間，所以我一眼就看到她。

她倒在鮮血淋漓的床上，割腕自殺。我沒想到叫救護車，只是害怕極了，所以用她的電話打給他。

「你快點來。」

他聽到我的聲音答道，今天跟同事喝了酒，有點累了，可不可以明天再去。

「現在就來，馬上來秋惠家。她自殺了。」

這句話還沒說完，電話就切斷了。他會來的，我這麼想著，茫然坐在秋惠身邊時，突然看到桌上擺著一封沒封口的信。

是給我的嗎？因為是秋惠把我叫來這裡的呀！尋思一想，我打開信封，裡面放著一張信紙。

弘章，我永遠愛你。

這是怎麼回事？秋惠喜歡他？難道，他所愛的人就是秋惠？秋惠是為了報復我才自殺？還是真的打算死？如果我不是被車陣堵住，及早到達的話，她的自殺就不會成功嗎？……怎麼辦，他就快來了。

我把信收進皮包，跑出屋外。剛好別家有人從外面回來，我請他幫我叫了救護車，但還是救不回秋惠。而且，他也沒來。

不知是招不到計程車，還是心急想早點到，他向同宿舍的人借了車，自己開車過來，卻在半路上與別人發生擦撞。

兩方都是保險桿輕微擦傷，也沒有人受傷，但是他喝了酒，而且，不解世事的我也不懂。

我不懂的是教師一旦酒駕被發現，會遭到懲戒免職，立刻被開除。

從天而降的種種意外嚇壞了我，於是我從他的身邊逃開了。

前往由佳公寓的路上，我的腦中全是他的身影。是他殺了英未理嗎？但為什麼過了十年，在那個鎮殺了她？秋惠的遺書我一直帶在身上。秋惠當時一再被求職的公司拒於門外，因此周遭的人都認為這是她自殺的主因，是求職不順造成的精神崩潰。妳們不要誤會，她是個認真而優秀的女性，如果在今天這個環境，肯定能考進一流公司，成為頂級的女強人。然而在那個時節，社會卻不接納她這樣的女性，別說是業務工作，就算是文書工作，鄉下出身又沒有背景的她，不用筆試或面談，光是她的履歷就被刷掉了。

她真的比我認識的任何一位女子都聰明，而她會愛上他也是理所當然。既然如此，他們兩人中任何一個都可以告訴我呀！我若是知情，便不會出手了，我沒有興趣去搶一個心有所屬的男人。

他從別人那裡聽說了我所做的事吧！拆散了他們兩人，逼得心愛女人自殺，自己再溜走。回想起來，秋惠告訴我的故鄉名字，似乎就在這個鎮附近……

我從車站出來，怔怔地回想著這一切，不知不覺來到由佳的公寓。這個眼光深遠、一向從眼鏡後方專注凝視的孩子，或許記得兇手的臉。直到現在，我還妄想著她看到照片，斷言說：「不是這個人。」心裡一面揣想，一面正要走上樓梯時，我聽到男女爭執的聲音。怎麼來得這麼不巧呢？我趕緊躲進樹叢下，看見兩個人站在樓梯上。

是由佳和一個男人，由佳就快被推下來了。

我瞬間拿出手機，按下由佳的號碼，接著，連我也很熟悉的警探劇主題曲大聲鳴響，男人從樓梯上跌下來。但他是怎麼掉下來的，因為天色太暗，我沒看清楚。我之所以沒有露面，是因為由佳很冷靜地叫了救護車。如果她驚慌哭喊，我也許會立刻跑上前去，但那時，我直覺不能出現在由佳面前。

我看著由佳上救護車一起離去，也跟著叫了計程車。

坐上車，鎮定一下心情後，想到終於最後一個也做了。如果當時我沒有躲起來、打手機，而是出面阻止的話呢？我只想讓妳知道，我有多後悔，可是再後悔也挽不回一切了。

或許我漸漸領悟了一件事，也或許心中萌生出一種預感：妳們的連鎖最後終將輪到我。

大概也是這個原因，我才能冷靜地聽完由佳的話。

英未理去廢屋玩的事，我一點也不知情，只記得找不到戒指這件事。

我無法丟棄他送的戒指和秋惠的遺書，而且慎重地收進盒子裡，藏在衣櫃深處。整理搬家行李的時候，英未理偶爾發現了那個盒子，打開來看。她扳開戒指盒，瞇起眼讚嘆：「真漂亮。」又問我：「為什麼只有這只戒指放在這裡？」我隨口答道：「因為那是英未理的戒指呀！」

英未理說：「那現在給我吧！」我沒有交給她，只說：「等有一天，那個時刻來臨。」英未理的表情有些怏怏然，不過，可能有個秘密的小約定也不錯吧！那孩子一向喜歡這種小玩意兒。

有一天，那個時刻，指的是必須告訴她真正父親是誰的時候。

我從他身邊逃開，又和舊日的朋友玩在一起。我覺得那才是屬於我的地方。我沒辦法支持一個思念自殺女人、又丟掉工作的男人，沒辦法一起共度悽慘的生活。那時候，朋友介紹我認識了一個人，就是我的丈夫，足立。

他的祖父是足立製造廠的創辦人，而他也在五年前進入足立製造廠工作。我心想，這個人目光冰冷，看起來有點可怕呀！問他：「你沒有其他喜歡的女人嗎？」他答：「如果有，今天就不會來這裡了。」我低下頭說：「那麼，請多指教。」他開心地笑著答道：「彼此彼此。」並伸出一隻手跟我握手，我們便開始交往。

應該是第三次約會的時候，開車外出到半途中，我突然感到噁心，他緊急把車停到路肩。我下車之際，一陣天旋地轉，便暈過去了。等我醒來，已在離該處最近的私人診所病房裡，而他坐在床邊。我趕緊想起身，他說，別急，躺著就好，

因為對肚子裡的孩子不好。

我再次暈了過去，因為沒有肉體關係的男友說我有了身孕。結束了。這是逃走的懲罰。老天不能原諒我忘記一切，只追求自己的幸福。與足立的關係如何倒還其次，我更擔憂未來的人生該怎麼辦。如果被父母知道了，如果被周圍的人知道了，我一個人怎麼活下去？我抱著跟足立結束關係的心情，把孩子父親的事告訴他，但省略了秋惠那一段。

可是，足立卻說出意想不到的話。

結婚吧！把孩子當成我的孩子生下來。

並不是因為他愛我，而是因為足立無法生育。他推測是大學時感染了腮腺炎導致，但又不能去醫院檢查，所以無法斷言。可以確定的是他無精子，而且不是自家公司

產品的問題。

他有野心，雖是創業人的孫子，卻是次子的兒子。繼承公司的優先權在長子的兒子手上。但是他的能力比堂哥，也就是長子的兒子強，因此他誓言一定要當上社長。然而，有一天半帶好玩地去做了檢查，發現自己沒有生育能力。生不出繼承者的人，周圍怎可能把他當成繼承人？從那天開始，他幾乎已無望走進層峰，雖然朋友把我介紹給他，但他並沒有結婚的打算。

在這種情境下，醫生告訴他我已懷孕的消息。

是一個交易——給我安定的生活，給他社會上的信用。

我們立刻註冊結婚，以兩人認識那天發生關係來計算，在早產的程度生下標準體重的女孩，取名為英末理。是創辦人爺爺取的，聽說是他留學時期戀愛對象的名字。

不過，在我心中一直認為，英末理只屬於我。

足立並未因此不疼愛她，他細心呵護我，也把英末理當成親生女兒般疼愛。

我不覺得「那個時刻」真的會來臨，所以把戒指和秋惠的遺書一起收進盒子裡，藏在衣櫃的最裡面，一直沒去動它。

直到某天，我想取出一串珍珠戴去參加公司的酒會，從衣櫃裡層拿出寶石盒時，發現那個盒子的蓋子有點鬆開了。我打開一看，戒指連盒子都不見了，遺書也是。第二天，戒指物歸原位，遺書卻沒放回來。

「爸爸如果知道媽媽喜歡別人，一定會很傷心，所以我把它藏在別的地方。戒指回來了，但信被丟掉了。對不起，對不起。」

看英末理邊哭邊說，我真是心疼極了。那孩子以為信是我寫的，但我不會寫那麼工整的字。

英未理把戒指和遺書藏在廢屋裡，而被尋找自由學校用地的他發現了。也許他是想人生能夠重來的話，希望在與秋惠有淵源的地方生活，所以才在那附近尋找。他一定很震驚吧！隨意發現打開的餅乾盒裡，放著熟悉的戒指和寫給自己的遺書。

他是否立刻發現了那是秋惠的字跡呢？

之後，他可能做了許多調查。或許是因為我吧，他失去了心愛的女人和投注熱情的工作，所以他想知道這個奪走他一切的女人，現在在哪裡做些什麼？最珍惜的又是什麼？

英末理遭到殺害，是我的錯。

妳們四人真的只是被牽連進來而已。我說一句狠毒的話，妳們把它放在心底深處，最後引導我找到兇手。

這次必須由我來補償妳們。

我與由佳分別後，就去找他。

在抵達雜誌中大作宣傳的自由學校前，我一直思索著「補償」這兩個字，我該為妳們做什麼才好？

聘請一位優秀的律師，讓妳們全體無罪釋放可好？給妳們生活上的援助可好？送一筆慰問金給妳們可好？

但是，就算我這麼做了，妳們只會瞧不起我。

我想我必須做的，是向妳們坦白我過去的罪孽，並且把真相告訴兇手，南條弘章。英未理的父親是你。

我要清清楚楚地告訴他。

之後他做了什麼事，妳們從電視或報紙上都已知道。至於我對它有什麼看法，我想就算這裡不寫出來，妳們也都能理解吧！

這樣，妳們是否能原諒我呢？

是否能從多年的詛咒中解脫呢？

足立麻子

終章。

黃昏迫近的夏日天空。

兩人看了一眼門上的鎖，隨即攀上了鐵絲網。

一個人手上拿著陳舊的排球，另一人手上拿著小小的花束，走向校園。

「還說校園已經加強安全措施了，結果這麼輕易就進來……妳一定感到很心痛吧！會不會有陰影啊？」

「沒的事。倒是妳，今天看得清楚嗎？」

「託福、託福。不過，我沒把握第一次就能完成連傳百次。」

「盡量挑戰就好了，再多次都行啊！就像那天那樣……」

兩人把包包放在腳邊，面對面站著。

白球在兩人之間來回跳著。

一、二、三……五一、五二、五三……九一、九二……

「九三……對不起！」

彈開的球掉在地上。

滾在地上的球，五個追球的孩子。

穿工作服的男子——南條弘章撿起了球。

——叔叔是來檢查游泳池更衣室裡的換氣扇的，可是我一時粗心忘了帶鋁梯。只是要轉個螺絲釘而已，妳們誰來幫我個忙，我的肩膀借她站。
個子最矮的孩子接過了球，說：
——要站肩膀的話，我個子最小最合適。
個子最高的孩子往前跨一步說：
——妳搆不著換氣扇也沒用，我個子最高，還是我去吧？
戴眼鏡的孩子從後面插嘴：
——妳們兩個會轉螺絲釘嗎？這可是我最拿手的呢！
個子最大的孩子洋洋得意地說：
——如果螺絲釘卡住怎麼辦？我力氣大，應該沒問題。
南條輪流看著五個孩子。
——太小或太大都不行……眼鏡掉了的話也麻煩。妳的話可能太重……
他牽起看起來最伶俐的孩子——英未理的手。
——妳正剛好。
英未理不安地回頭看著四人。
最高的孩子拍了拍手，高聲說：

——那麼，大家一起去幫忙吧！

其他三個孩子表示贊成。

南條感到困惑，仍露出笑容。

——謝謝妳們，不過更衣室很小，如果大家一起去的話，不但會妨礙工作，也可能會受傷，所以妳們可以在這裡等嗎？馬上就結束了。做完之後，叔叔買冰淇淋請妳們吃。

四個開心的孩子。

拉起英未理的手離去的南條。

不知有血緣關係的父與女——

兩人撿起球，重新開始傳球。

「……一百！」

兩人大大地吸了一口氣，拿起包包，走到體育館，在入口前的階梯並肩而坐。

「對我們而言，那起事件究竟算什麼？」

「還有之後的十五年。」

「那個人寄來的信，長到應該可以叫做手記了吧！讀信的時候，我一直在想，我的人生算什麼？」

「也許她認為自己才是受害者，就因為那麼想，才會對我們說出那麼重的話。然而，我們只是被牽連進去而已。」

「照常理來說，過去做了那麼過分的事，在命案發生時，難道不會懷疑可能是自己的錯嗎？」

「不會那麼想的。這就是那個人的生存之道呀！若是會那麼想，過去就不會發生那種事了。」

「有道理。不過，也不能太責備她，畢竟最痛苦的人是她呀！而且至少我們現在能回歸正常，還都多虧了她。」

「傷害罪、緩刑，對嗎？」

「對。那個男人的死因是失血過多，而且是他自己刺傷的。我既沒有碰到他的刀子，踢他的臉也不是直接死因，所以被判傷害罪。有些家長為我蒐集連署、寫請願書，律師也鼓勵我，要我努力爭取到無罪，不過既然判了緩刑，應該夠了。反正教師工作我也辭了。」

「以後打算做什麼？」

「還沒有決定。我想再慢慢思考，也要想想如果沒有那起命案，我會過著什麼樣的人生。何況我也擔心她們兩人的情況。」

「她們兩個還得耗下去吧！」

「正當防衛與心神喪失，很難哦！不過一個是自首，一個沒有犯意，而且都各有名律師幫忙，應該會朝有利的方向走吧！——話是這麼說，但也很難講。」

「她們兩個都很聽從律師的指示，結果不會太糟才是。倒是妳，以我的看法，有點意外妳會答應那個人幫妳介紹律師。」

「妳覺得我會拒絕？」

「如果是我，我會拒絕。」

「別人既然把善意送到眼前，我只是單純領受下來了。我承認自己無力請律師，所以決定拋開無謂的自尊。妳才是呢！什麼意外造成。本來不是說為了抗拒那個人，決定說出自己推的那種不必要的坦白嗎？」

「因為我現在不是一個人呀！單親媽媽如果成了罪犯，那孩子多可憐啊！」

「妳終於想通了。」

「不只是這樣。最近，我好像有點能體會命案當時那個人的心情了。如果我站在相同的立場，也許也會對那些孩子說同樣的話。」

「當母親的人真恐怖，不對，是堅強。妳現在回家裡住了吧？再過幾年，也讓小孩讀這裡嗎？」

「不會。妳還不知道？這裡明年三月就要廢校了，因為少子化嘛！聽說有校車會接本鎮的孩子到鄰鎮的小學。校舍也舊了，好像要拆除。」

「所以妳才聯絡我？」

「對不起，妳說好要四個人一起的。」

「不會呀！真好。在它消失以前回來這裡……兩個人一起把它結束。」

「對呀！全部結束了……不久後好像要合併，連這個鎮可能也要消失。」

「可惜了乾淨的空氣。」

「乾淨的空氣還是存在呀！」

兩人相視而笑。

〈綠袖子〉旋律靜靜響起。

「走吧！」

兩人站起身，凝視著小小花束。

「好像那時候的蛋糕哦！」

「真的耶！我拜託老闆幫我配十歲女孩喜歡的花。」

——在追捕時效期滿前，妳們去找出兇手來！如果做不到，就得補償到我滿意為止！

朝游泳池走去的兩人。

「悼念英未理，雙手合十——為什麼我們當初沒想到呢？這件我們最該做的事。」

「也許需要十五年才會想到。」

校園裡，兩個拉長的身影。

——夕陽籠罩了整個小鎮。

湊佳苗
みなとかなえ

少女
しょうじょ

少女的微笑是可愛還是邪惡？
少女的報復是天真還是殘酷？

《告白》、《贖罪》名家最冷冽的剖白、最衝擊的震撼！
日劇達人小葉日本台、推理評論人冬陽、作家李偉文、
新生代演員作家紀培慧——強力好評推薦！

最好的朋友之間，也有不能說出口的秘密……
由紀和敦子從小就是最要好的朋友，曾經偷偷交換著無數的小秘密，只是，如今那些都已經過去了。長大以後的秘密，總是比小時候複雜得多，而當秘密越難開口、越積越多，曾經的死黨也會越來越陌生，就像由紀和敦子。
高二放暑假前夕，兩人從轉學生紫織口中聽見一件很震撼的事——原來，紫織曾經目擊好友自殺！她那感傷中又摻著興奮的口吻彷彿在炫耀「我和妳們不一樣」，令由紀和敦子好羨慕。她們也好想看看，一個人呼吸驟止的那瞬間是什麼表情？更重要的是，看過了之後，自己會不會也變得「不一樣」？不約而同地，兩人決定了暑假計畫：她們要看自己周遭的人演出最完美的死亡！
兩名少女瞞著彼此，悄悄開始了與死神的較勁，卻沒料到竟因此引發了一連串的連鎖反應，計畫也逐漸失控……

湊佳苗一人分飾多角，深刻道出少女們內心明亮又陰翳、純潔又複雜、熱情又冷酷的多重面相，以及對自我的疑惑、對友情的期待，與脆弱怕受傷的微妙心理。書中的每一個角色都帶著伏筆，故事背後隱藏著另一段故事，情節環環相扣之餘，結局更將令人大吃一驚！

國家圖書館出版品預行編目資料

贖罪 / 湊佳苗著 ; 陳嫻若譯. -- 初版. -- 臺北市 : 皇冠, 2010. 10[民99].
面; 公分. --(皇冠叢書; 第4038種) (大賞; 038)
譯自 : 贖罪
ISBN 978-957-33-2721-9(平裝)

861.57　　　　99018232

皇冠叢書第4038種

大賞｜038

贖罪

贖罪

作　　者—湊佳苗
譯　　者—陳嫻若
發 行 人—平雲
出版發行—皇冠文化出版有限公司
台北市敦化北路120巷50號
電話◎02-27168888
郵撥帳號◎15261516號
皇冠出版社(香港)有限公司
香港上環文咸東街50號寶恒商業中心
23樓2301-3室
電話◎2529-1778　傳真◎2527-0904
出版統籌—盧春旭
美術設計—王瓊瑤
行銷企劃—李邠如
印　　務—林佳燕
校　　對—黃素芬・劉素芬・丁慧瑋
著作完成日期—2009年
初版一刷日期—2010年10月
初版十六刷日期—2015年7月
法律顧問—王惠光律師

讀者服務傳真專線◎02-27150507
電腦編號◎506038
ISBN◎978-957-33-2721-9
Printed in Taiwan
本書定價◎新台幣250元/港幣83元